姉
宇佐見
自由奔放で、少し不思議な咲人の彼女。
学校に登校し始めて早々にこっそりイチャイチャ!?
実は新聞部の幽霊部員で……
妹
宇佐見千影《うさみ・ちかげ》
優等生で真面目な咲人の彼女。
妄想たくましい子だったけど、付き合い始めて徐々に大胆行動も増えていき……!?
双子まとめて『カノジョ』にしない？

「えいえい♪さっきうちを見捨てようとした罰だよ」

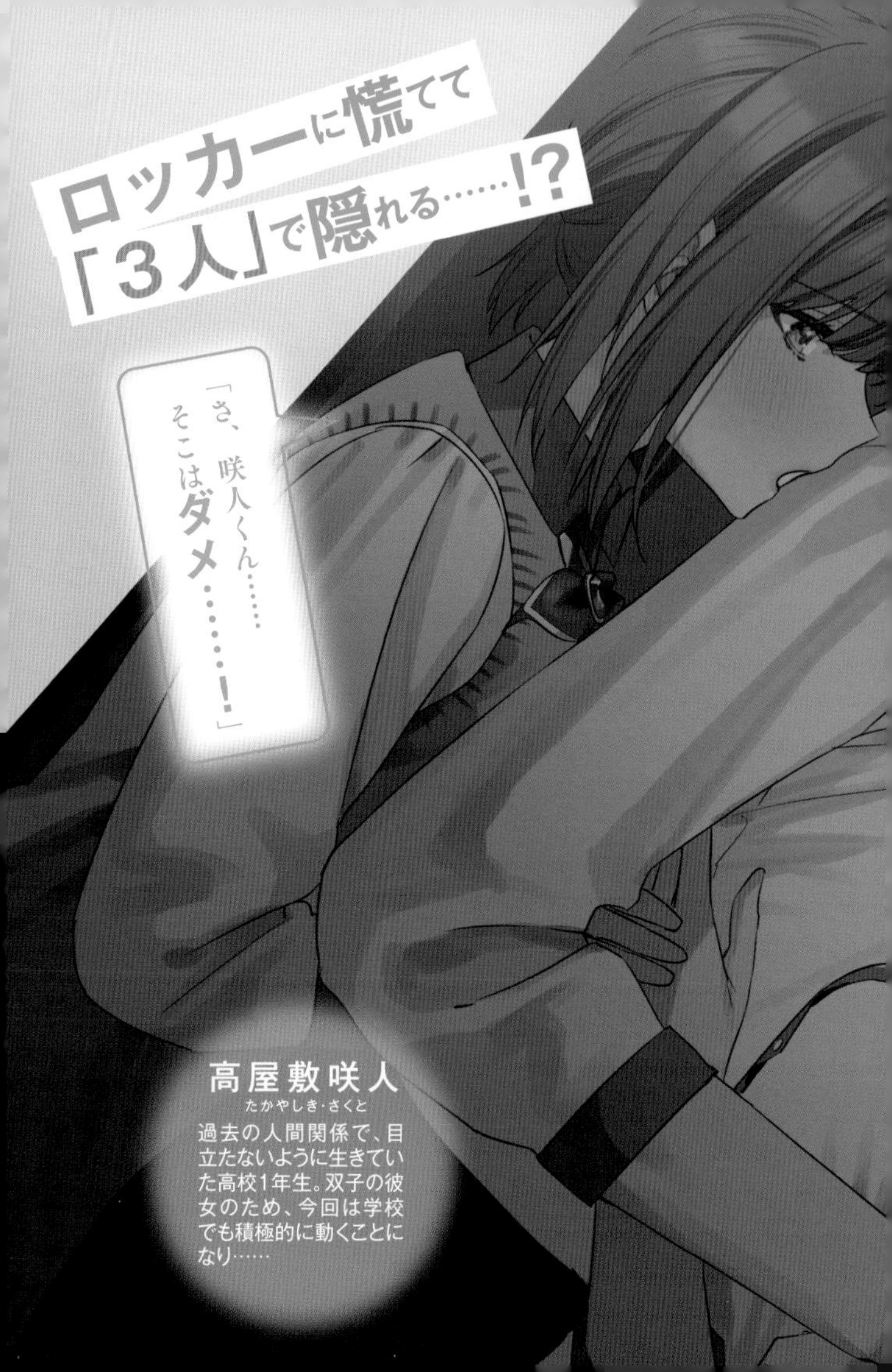
ロッカーに慌てて
「3人」で隠れる……!?
「さ、咲人くん……
そこはダメ……！」
高屋敷咲人《たかやしき・さくと》
過去の人間関係で、目立たないように生きていた高校1年生。双子の彼女のため、今回は学校でも積極的に動くことになり……

新聞部でコスプレ撮影
千影▼巫女
「巫女さんって聞いてたのにぃ……
布の面積がおかしくないですか⁉」

「うちは、このメイドさん。気に入ってるからいいけどなぁ」
新聞部でコスプレ撮影
光莉▼メイド

「ちーちゃんの魅力にメロメロになって、
こういうことされちゃうかも?」

「や、やめてよ、ひーちゃん！
……そんなことに、なるかな」

高坂真鳥《こうさか・まとり》
カメラを何よりも愛する高校2年生。

スクープを狙うためなら、盗撮もお構いなし!

お調子者だけど、咲人に反撃されて……

東野和香奈《ひがしの・わかな》
高校1年生。光莉のクラスメイトで、彼女を新聞部に引き込んだ張本人。

部活のためなら何でもやる根性があり、咲人に近付くが……

3人のスキャンダルを狙う!?

新聞部女子たち
3人揃って学年1位になったことで、関係を勘ぐるやつも増えるのは仕方ないけど……盗撮を狙われたり、色仕掛けされたり、この部活は一体どうなってんだ!?

実は光莉が所属してたり、千影の生徒会の委員会の仕事に関わってたりで、もう少し踏み込むことになりそうだ。

上原彩花《うえはら・あやか》
高校3年生で新聞部部長。

温厚で真っ当な考えを持っており、新聞部の再建に奔走している。

和香奈や真鳥の暴走に頭を悩ませていて……

双子まとめて『カノジョ』にしない？2

白井ムク

ファンタジア文庫

3384

口絵・本文イラスト　千種みのり

目次

プロローグ

ここのところ、高屋敷咲人《たかやしきさくと》は昼食を終えると人気《ひとけ》のない場所を求めている。

というのも——

《三人で付き合っていることは秘密にすること》

このことは共通認識ではあるはずなのに、じつは周囲に敏感にならざるを得ない事態に陥っていた。

「東棟一階の階段下とは考えたね？　ここならあんまり人が通らないかなー」

「二人きり……じゃなくて、三人きりですごせますもんね？」

と、同じ顔が二つ——。

双子姉妹だから当然なのだが、表情も仕草もまるで違う。

「ふふっ、こーんなとこに連れてきて、うちらとなにがしたいのかなぁ？」

と、余裕そうに、悪戯《いたずら》っぽく笑いながら迫ってくるのは姉の宇佐見光莉《うさみひかり》だ。

一方、余裕はなさそうだが、頬を朱に染めて見つめてくるのは妹の千影《ちかげ》である。

「も、もちろん……えっと……イチャイチャとかですかね……？」

期待に満ちた目で見つめてくる彼女たちに向けて、咲人はひと言——

「反省会だ」

と、死んだ魚のような目をしながら言った。

二人は目をパチクリとした。この双子姉妹ときたら、先ほど学食内で自分たちがなにをしでかしたのか、さっぱり理解していないらしい。

「よし、じゃあ一緒に振り返ってみようか……」

咲人は呆《あき》れながらも、小さい子供を諭すように言う。

「さっきの学食のアレ……アレはさすがにダメだと思うよ？　光莉は腕を組んでくるし、千影はあーんしてくるしで、さすがに周りの視線がこっちに向いてたからね？　……主に、俺に対しての反感だけど、まあ、それはそれとして……」

するとと千影が悲しそうな表情を浮かべた。

「やっぱり学食であーんはダメですか？」

「うん、ダメだよ？　前に『あーんはしません。我慢します』って言ってたよね？」

千影は「うっ」と呻《うめ》いて、がっくりと肩を落とした。

「覚えてましたか……。さすがに覚えてますよね、咲人くんですし……」

いちおう千影は反省したらしい。

一方の光莉はまったく反省している様子がない。それどころかニコニコと笑顔を浮かべたままだ。

「腕を組むくらいならギリオッケーだよね？」

「ご飯食べるときに？　お互いに右利き《みぎき》なんだからどっちかが支障出るよね？」

「でも、くっつきたいなぁー……寂しいなぁー……ダメ？」

「ダメ」

すると光莉は咲人の右手をとって、自分の左頬をスリスリと擦《こす》りつけた。

「午前中の疲れを癒やすには、それしか方法がないんだけどなぁ〜……」

「だから甘えてもダメだって――」

「ズルい！　咲人くん、ひーちゃんにしてるそれ、私にもしてください！」

「じゃあ、ちーちゃんもおいでよ〜」

「参加者を増やすなっ！」

――と、こんな感じで。

いかんせん、この双子姉妹は堂々としすぎていた。

周りに秘密にするというルールのもと、付き合い始めてから約一ヶ月。最近になり、「じゃれつき」と「いちゃつき」の境界線が曖昧《あいまい》になってきている。それをちょうどいい塩梅《あんばい》にするのが咲人の役割となっていた。

それにしても――と咲人は頭を抱える。

果たして、周りには『仲良しな双子姉妹にじゃれつかれる男子』として映っているのだろうか。それ自体「羨《うらや》まけしからん」状態ではあるのだが。

咲人は溜《た》まりに溜まったため息を吐き出す。

「もう少しセーブして。二人の気持ちは嬉《うれ》しいんだけど――」

――バレたらどうするんだ？

そう言いかけたところで、光莉が「大丈夫」と遮った。

「うちらだってなにも考えてないわけじゃないよ？　細心の注意を払ってるから」

まったくもって信じがたい。

「それにね、さっきの学食のアレはすっごく画期的かつ合理的なシステムなんだよ？　ちーちゃんと昨日一晩よく寝て考えたのだーっ！」

「のだーって……そんなに頑張って考えてきた感じには伝わってこなかったよ？　……とりあえず聞こうか？」

光莉は自信満々に説明を始める。

「まず、うちが咲人くんの右腕をギュッとする！　すると咲人くんは利き手を使えない！　そこでちーちゃんの出番！　箸でおかずを取ってか〜ら〜の〜？」

「あ〜んです！　名付けて『ノーハンド・ツイン・イーティング・システム』──NTESです！」

「………………なるほど」

どこからどうツッコんでいいものやら。

なんでもかんでも横文字にして頭文字を抜き出すのはどうかと思うが、たしかに、画期的かつ合理的なシステムではある。

それならば、咲人はいっさいなにもせずに延々と食事を口に運んでもらえるし、利き手側でちょっとしたドキドキ感も楽しめ、さらには双子姉妹の可愛《かわい》い願望を同時に満たすこともできる。

まさに一石二鳥が二石三鳥の申し分ないシステムだ。素晴らしい。

「どうかな、うちらの考えてきたシステム！　──はい、ちーちゃん、例のセリフ！」

「進路クリア！　システムオールグリーン！　発進どうぞ！」

「高屋敷咲人、行きます！　……とはならないよ？」

「「なんでっ!?」」

なぜならこのＮＴＥＳ（？）には大きな欠陥がある。それは――

「学食でやることじゃないっ！」


――して。

私立有栖山《ありすやま》学院高等学校に通う咲人は、六月の初め、ひょんなことから二人の少女と同時にお付き合いすることになった。

その相手というのが、あまりの美しさに、月は雲間に隠れてしまい、花は恥じらってしぼんでしまうほどの見目麗《みめうるわ》しき双子姉妹、宇佐見光莉と千影。

この双子のおかげで、六月末の今となっては、教室の備品のごときモブ野郎だった咲人の日常は、騒がしくも楽しいものへと変貌を遂げていた。

以前は『出る杭《くい》は打たれる』を自戒にしていた咲人が、『逆さまの杭になる』と宣言したのはつい先日のこと。目立たずに過ごすのをやめ、「本気を出す」と腹を決めたのだ。

それは、支えてくれる『彼女たち』のため。

全身全霊全集中の構えで彼氏をまっとうしようとしているのである。

そういう彼の真面目な姿勢は着実に双子姉妹に伝わっていき、望めばいつでも左団扇《ひだりうちわ》のような状況になるほどに好かれていたのだった。

けれど、そこにやすやすと甘んじるわけにはいかなかった。今の関係性について、当人同士の同意と納得はあるものの、周りがそうは見てくれないだろう。

よって、互いのための秘密ができた。畢竟《ひっきょう》するに言わない嘘《うそ》である。

周囲にバレたらこの関係は終わる。その考えは、咲人の中にとある使命感を起こした。

なにがあっても、宇佐見姉妹の笑顔を守ること。けれど、そのために自分を犠牲にしてしまえば彼女たちは悲しんでしまうだろう。

そこで咲人は、いかに周囲に怪しまれずに付き合えるかを模索し始めた。その上で、いかに彼女たちをバランスよく満足させられるかを探求する日々を送っていたのである。

——ところが。

そんな彼の涙ぐましい努力に相反して、宇佐見姉妹の猛攻《イチャラブ》は激しさを増していた。

その状況を三国志にたとえると『樊城《はんじょう》の戦い』といったところか——。

光莉扮《ふん》する関羽《かんう》が水攻めを起こし、その機に乗じて千影扮する張飛《ちょうひ》が堅く閉ざされた門に向かってバナナボートで突っ込んでいく描写である（そんな描写は三国志にない）。

そうして咲人の堅牢《けんろう》な理性は、双子姉妹の猛攻によって決壊寸前まで追い詰められ、

「もうバレてもいいんじゃね？」という気を起こさせようとしていた。

そこまでして、咲人に迫る彼女たちの唯一の理由。それは——

「「だって、大好きなんだもん！」」

——である。

歯止めがかからない双子姉妹のこの心情——。

言うなれば『ガチ恋』であった。

それはそれで大変ありがたいことではあるが、咲人は頭を抱えていた。

この双子姉妹は大変可愛いし、非常に可愛い上に、甚《はなは》だしく可愛いのだが、可愛さでは誤魔化されないのが、彼の良いところでもあり、今ひとつ尖《とが》れないところでもある。

双子からの好意は素直に嬉しい。

けれど周りにバレたらいけないので咲人がセーブする。すると双子は二人がかりでさらなる愛情表現を仕掛けてくる。いやいやバレるだろ、なんだＮＴＥＳって——。

といった感じで、羨まけしからん連鎖が続いていたのであった。

「あ、うん……俺も二人のことは好きだよ？　でも——」

「あ、今はキュンしなくていいから最後まで聞いてね？　とにかくTPOは守ろっか？

あと、キュンは口から出さない。普通の人は言わないから、たぶん、知らないけど……」

「「はい♡」」

と、幸せそうに咲人《さくと》の腕に絡《から》む宇佐見《うさみ》姉妹。

なんというか、なんというかである。いっそ開き直って、三人で付き合っていますと言って回ったほうが悩まずに済むような気がしてきた。

咲人がそう思ったところで──


「──あ、いたいた！」


こちらにパタパタと駆けてくる足音。

途端に光莉《ひかり》と千影《ちかげ》はパッと咲人の腕を離す。

そうしてやってきたのは、まだあどけなさの残る小柄な少女だった。

「光莉ちゃん、今いいですか？　少し、お話があるのですが……」

「彩花《あやか》先輩……」

光莉がいつになく気まずそうな顔をした。咲人は千影と目を合わせたが、彼女は首を横に振った。千影の知り合いではないらしい。

咲人は彩花先輩という少女を一瞥《いちべつ》した。

宇佐見姉妹に比べると、華奢《きゃしゃ》で、背丈は低い。150センチくらいか。ふわりとした色素の薄い髪は、染めているようにも見えるが、おそらく地毛だろう。

体形は、出るところは控えめで、引っ込むところは引っ込んだままで、重力や空気抵抗とは無縁に見え、このままふわふわと宙に浮いていきそうな軽さがある。

物腰が柔らかそうな雰囲気を醸《かも》し出しており、立ち居振る舞いは良家のお嬢様といった感じだ。これで、白い服を着せ、羽を生やせばまさに天使だ。

先輩ということは年上か――

「ごめん、ちょっと待ってて。――彩花先輩、向こうで話しましょう」

そう言って、光莉と彩花は咲人たちから離れた。

咲人は、光莉のこの大人のような対応に驚いた。

が、一瞬だけ見せた彼女の気まずそうな表情を見逃さなかった。

(ここでは話せない事情がある……?)

光莉と彩花がなにか話し始めた。どちらかと言えば、彩花のほうが多く喋《しゃべ》っている。

光莉の表情がどことなく暗い感じに見え、咲人は若干不安になってきた。

「……千影、光莉って先輩とかと交流があるの？」

「どうでしょう？　ひーちゃんはああ見えて顔が広いですからね……」

そう聞いて、なんとなく、ゲーセンで会ったときのことを思い出す。

光莉は、学校に来ていなかった時期も、外部との繋《つな》がりがなかったわけではない。人当たりはいいし、あの笑顔と憎めない性格は、きっとどこへ行っても好かれるのだろう。

けれど、普段光莉は静かに過ごしている。

彼女の口から友達の話題はいっさい出ない。浅く広く、差し障《さわ》りのない程度に交流を持ち、咲人や千影といるときだけ無邪気に振る舞っていた。

「でも、校内に知り合いなんていたんだ……」

「意外？」

「ええ……。私たちの中学から有栖山《こ》学院《こ》に進んだ先輩は二、三人しか知りませんし、あの彩花先輩という方は私たちの中学出身ではないですね……」

「そっか……」

千影とそんな話をしていると、ようやく光莉が戻ってきた。

「ごめん、お待たせしちゃったね？」

「ひーちゃん、先輩となんの話だったの？」

「え？　……ううん、たいしたことじゃないよ？」

光莉はなんでもないといった態度をとった。

だが、咲人はなにかの違和感を拭えずにいた。

彩花といたときの光莉の目――あれはひどく他人行儀な、まるで人と距離を置きたがっているような目だ。自分や千影といるときには見せない、人を遠ざけるような目――。

相手があまり話したことのない先輩だからだろうか。じつはネット上の知り合いで、今日突然リアルで話しかけてきたからだろうか。――考えても仕方がない。

「本当に？　なにか、困っているとかじゃない？」

「へーキ。そんなことにならないように、うまくやってるから」

と、光莉は笑顔で遮った。

これ以上詮索するな、ということだろう。

「そんなことよりも～……」

光莉がニヤつく。

「お待たせしたお詫《わ》びのハグ――――ッ！」

その瞬間、咲人はひょいと軽く避けた。

光莉はそのままの勢いで千影に抱きついた。

「外した！　でも柔らかいから当たりっ！」

「ちょっ⁉　いきなり揉《も》まないでよ！　ひーちゃん！」

「これなにかな？」

「おっぱ……って、咲人くんの前でなに言わせるのよぉ──っ！」

「おっぱいぐらい普通に言えるって。だいたいちーちゃんはね──」

と、双子姉妹がじゃれているあいだ、咲人はキョロキョロと周囲を見回していた。

「どうしてうちのこと避けちゃうのかな〜……んギュ〜ってしたかったのにぃ……」

「ごめん、でも──」

何者かの視線を感じた。

咲人は目を瞑《つぶ》る──目蓋《まぶた》の下、彼の動物的な眼球の動きは、一瞬だけ見て記憶したものを呼び起こそうとしている。映像の逆再生。彩花が来たあたりまで遡る。

しかし、誰も映像に映っていない。

視覚の外、つまり死角。咲人の視界に収まっていない位置から見られていたのであれば、さすがの彼も追うことができない。

(……やっぱり、気のせいか)

周りに敏感になりすぎているのかもしれないと思い直して、咲人は目蓋を開けた。
そこで予鈴があったので、三人はそれぞれの教室へ戻っていった。

——して。
咲人、光莉、千影——この三人が付き合っていることは周りに秘密。
一方で、光莉もなにか、咲人と千影に言えないことがあるようだ。
そしてもう一つ——

「——チッ……」

校舎の外、舌打ちして足早に去っていく、一本括《くく》りの少女が一人——。
じつは、彼ら三人の預かり知らぬところで、彼らの関係を脅《おびや》かすなにかが動き始めていたのである——

第1話　様子がおかしい……？

七月の初め、学校帰りに駅前のカフェに寄った折、夏休みの話題になった。

「せっかくの夏休みですから、課題を早く終わらせたいですね～」

「そう？　うちは夏休み終盤まで溜《た》めて溜めて一気にやるタイプだから」

と、咲人の正面で、千影と光莉が楽しそうに話している。

「そんなこと言って、今年からは絶対に手伝わないよ？」

「えぇ～、いけず～……あ、でも、咲人くんが手伝ってくれるなら大丈夫かな♪」

「なんですとっ⁉　──咲人くん！　ひーちゃんを甘やかしちゃダメですよ！」

宇佐見家の夏休み終盤が容易に想像できて、思わず咲人は苦笑した。

「有栖山《う》学院《ち》って夏休みの課題多そうだから、早めに手をつけておいたほうがいいかもしれないね？」

「たしかに、課題漬けの夏休みになっちゃいそうですね～……」

「じゃあさ、三人で勉強会したいな～。早めに終わらせていっぱい遊びたいし」

「賛成！　咲人くんも……──咲人くん？」

咲人は窓の外をちらちらと窺《うかが》っていた。

窓ガラスの向こうには行き交う人々が見えるのだが——

「さっきからそわそわしてどうしたのかな？」

「なにか気になることでも？」

「……え？」

キョトン顔の二人を見て、咲人は「いや」と慌てて微笑を浮かべる。

「髪形ならいつも通りカッコいいですよ？」

「あ、うん……窓ガラスに映ってる自分の髪形を気にするほど、俺は自意識過剰なタイプじゃないよ……」

呆《あき》れながら千影に返した咲人だが、やはり窓の外に意識が向いた。

ここ最近、誰かの視線を感じる。

実力テストで一位をとったあたりからか。誰かにつけられていると感じたり、視線を感じたりすることが多くなった。

これがただの気のせいならいいのだが、どうにも落ち着かない。

自分から目立つことをしたのにもかかわらず、周囲を気にしてしまうのは、やはり自意識過剰かもしれないが——。

そうして外を気にしているうちに、いつの間にか話題は次へ移り変わっていた。

「あとさ、三人で旅行に行かない？　二泊三日くらいでどうかな？」

「三人で旅行……ってことは……!?」

千影《ちかげ》は急に顔を赤くした。

「咲人《さくと》くん、うちの提案どうかな？」

「旅行か……泊まりがけにする理由は？」

訊《き》き返すと、光莉《ひかり》は楽しそうに喋りだす。

「せっかくなら周りの目を気にしないで遊べるところに行けたらいいなって。それに、時間の余裕があったほうが三人でいっぱい楽しめるんじゃないかな？」

「なるほど……」

納得しかけたところで、ふと千影のほうを向く。

「お泊まり……三人で、いっぱい……ということはつまり、いっぱい三人で……──」

と、顔を真っ赤にしながら呪文を唱えるようにブツブツと呟《つぶや》いていて、咲人は思わず「うっ」となった。いつものアレ、妄想モードに突入している。

おそらく内容は──おおよそ見当はつくが、咲人は呆れた顔だけして口には出さない。

代わりに、光莉がニヤニヤとしながら千影を見た。

「ちーちゃん、どんな妄想をしてるのかなー？」

千影ははっとなって慌てふためいた。

「も、妄想なんてしてないもん！　私、そんなやらしー子じゃないし！　してないもん、そんなエッチな妄想なんかっ！」

誰も「やらしー」だとか「エッチな」などと言っていない。

いや、してるよね？　――と、咲人は心の中でツッコミを入れておいた。

＊＊＊

（最後に旅行したのはいつだっけ――）

三人で店を出たあと、咲人はふとそんなことを思った。

思い返してみると、中三の五月、修学旅行で京都・大阪・奈良に行ったのが最後だった。

そのときはまだ『ロボット』で、ただスケジュール通りに周りに合わせて動いただけ。

なんの思い入れもなく、印象も薄く、ただ行って帰ってきた――というのが、咲人にとっての修学旅行だった。

しかし、光莉が提案した二泊三日の旅行については、なんだか楽しそうだと感じる。

彼女と――いや『彼女たち』と行く旅行はいったいどういうものになるのだろう。

きっと楽しいものになるのだろうが、その前に一つ、懸念《けねん》があった。

「さっきの話の続きなんだけど、旅行に行けるかは、母さんと叔母さんに話してみないとわからないな」

「叔母さん？　……あ、そっか。咲人くんは今叔母さんの家に住んでいるんでしたね？」

右隣を歩く千影が思い出したように言う。

「うん。とりあえず叔母さんに話してみるよ。いちおう母さんにも──」

とはいえ、さすがに彼女（しかも二人）と旅行に行くと言ったら、心配性の叔母には許可してもらえないだろう。女の子二人と伝えるのもどうか──。

身内を騙《だま》すのは気が引けるけれど、ここは男友達と伝えたほうがいいのかもしれない。

母は──案外簡単に了承してくれるかもしれない。

自分に対して絶大な理解力を示す母は、馬鹿な真似《まね》はしないだろうと信頼してくれていて、なんでもしたいようにさせてくれる。なにかあれば責任をとるのは親というスタンスで、いつも「やりたいようにやりなさい」と言ってくれるのだ。

「咲人くんがオッケーなら、あとはうちらがパパとママに許可をもらうだけだね？」

左隣を歩く光莉が笑顔を弾ませる。

千影のほうは少し悩んでいる様子だ。

「ひーちゃん、パパたちに彼氏さんと行くって正直に言っちゃう？」

「うーん……それでも問題なさそうだけど、いちおう友達って言ったほうがいいかな？」

と、光莉は口元に右手の人差し指をつけて空を見上げた。

親にどう伝えたらいいのか——

《三人で付き合っていることは秘密にすること》

このルールの縛りがあって、身内にも正直に話せない。かといって、急な親バレも三人にとって本意ではない。ここは若干ルールを緩めるべきだろうか。

二泊三日の旅行。

未成年である以上、親の許可なしで好き勝手に行けるものでもないし——

「パパとママ、ビックリするんじゃないかな？　私とひーちゃんが同じ人と付き合ってるって知ったら……」

むしろ反対するだろう。

さすがの光莉もきまりの悪そうな表情を浮かべている。

「パパは大丈夫だと思うけど、ママはねー……」

「うん……ママはねー……」

と、両隣の双子姉妹が同時にため息を吐《つ》く。

（いったいどんなパパさんとママさんなんだろ？）

少しだけ情報がある。

宇佐見《うさみ》家に行ったとき、光莉は自宅用プラネタリウムをプレゼントしてくれた父親のことをニコニコしながら話していた。

千影に訊《たず》ねた際も、放任主義に近いそうで、ただ、光莉を信じているとも言っていた。

そこから察するに、父親は光莉のよき理解者であり、優しくて素敵な人なのだろう。

一方で、母親は厳しいところがある人なのかもしれないと咲人は思った。

「ところで、咲人くんの叔母さんってどんな人かな？」

「木瀬崎《きせざき》みつみさんって言って、母さんの七つ下。弁護士さんなんだ」

すると千影と光莉が目を見開いた。

「『異議あり！』って感じの人ですか⁉」

「『倍返しだ！』とか本当に言うのかな⁉」

「あ、うん……そういうセリフを家で聞いたことは一度もないけどね？　あと光莉、それは銀行員のセリフじゃないかな……？」

たぶん光莉はなにかとなにかのドラマがごちゃ混ぜになっている。……いちおう、リーガルでハイになっている俳優さんは一緒だが。

「咲人くんがなにかやらかしたとき助けてくれる人なんだね？」

「あ、うん……なんで俺がやらかす前提なの？」

光莉は立ち止まって、わざとらしく、赤くなった頰に手を当てて恥ずかしそうにする。

というのも、こうして話しているうちに、ちょうど結城《ゆうき》桜ノ駅に着いたのだが、ここは強烈な思い出の残る場所——咲人がやらかした場所である。

光莉が恥ずかしそうにしている理由がわかって、咲人は羞恥で真っ赤になる。

「ここでいきなりうちにギュー～ってしてちゅーってしたの、忘れちゃったのかなぁ？」

「あれは勘違いしただけで……！」

「もし、うちじゃなかったら——」

「だ、誰にでもするわけじゃないって……！」

双子だから起きたやらかしだったが、さすがに誰彼構わず突然抱きしめてキスをするわけではない。そんなことをした日には、有栖山《ありすやま》学院からＢＡＮ《バン》されてしまうだろう。

すると千影がプクッと頰を膨らませた。

「そうですよ！　本来は、わ、た、し、だったはずなんですけどね？」

「…………すみません」

と、咲人は申し訳なさそうに項垂《うなだ》れた。

「まあ、うちもちーちゃんのフリをしていたのが悪いんだけどね？」

「だったらもう少し反省して」

「えへへへ、ごめんごめん……」

むっとしている千影に対し、光莉は苦笑いで返した。

それにしても、千影だと勘違いして光莉にキスをしたことは一生の不覚。たぶんこれから先も記憶に残る大事件で、咲人にとって、ここはそういう記憶が残る場所なのだ。

そのことを光莉がわざと千影の前で掘り起こすのは、千影の嫉妬心を煽《あお》るためだろう。

「でも、ちーちゃんは次の日、観覧車の中でロマンチックにギューとちゅーをしてもらえたんだよね？」

「う、うん……してもらえたけど……」

「……帰りは休憩できなくて残念だったけど～？」

「ちょ、ひーちゃん……⁉」

羞恥で真っ赤になった千影を見て、光莉はころころと笑う。

落としてから上げる、といったところか。すっかり光莉の目論見《もくろみ》通りで、さすがは姉、妹の扱いが上手《うま》いなと咲人は呆れた。

「あ、そう言えば……私と咲人くんがデートした次の日、ひーちゃんはお部屋で咲人くんとどんなことをしたの？　下着姿で抱きついていたところは見たけど」

「「っ…………――」」

光莉と咲人は顔を見合わせ、真っ赤になった。

「え……なにその反応⁉　なにがあったの⁉」

なにもなかったわけではない。

ただ、千影が過剰に反応する必要もない。むしろ、千影より控えめで、ベッドの上で光莉から何度も頬にキスをされただけだ。それ以上のことはなにも――

（――うっ……）

そのとき咲人の脳裏に双子の下着姿が鮮明に映った。千影が先ほど言及したせいだろうか。

光莉の下着姿を見てしまったのだが、先に千影のお着替えシーンにも立ち合ったので、あれはイーブン（？）で間違いない。たぶん。

ところが光莉は、頬を紅潮させたまま、クスッと笑って千影を見た。

「え？　なにって、ちーちゃんには言ってなかったけど、すごいことだよ？　興奮した咲人くんが、私をベッドに押し倒して……ふふっ」

「っ――……⁉　その後はいかにっ⁉」

「待て待て待て！　光莉、それはさすがに悪意があるって！　押し倒したんじゃなくて止めようとしたんだっ……！」

光莉《ひかり》はクスクス笑いながら、真っ赤になった千影《ちかげ》の反応を楽しんでいる。

やはり光莉はこうやって千影の妄想（暴走？）スイッチを押すのが楽しいようだ。

「ひーちゃん、詳細を詳しくっ！」

「千影？　それ頭痛が痛いって言っているような感じだけど、大丈夫……？」

千影は暴走モードに入ると日本語がおかしくなる。こういうときはいったん冷静にさせないと、ひたすらどこまでも暴走し続けることがあるので、

「ま、旅行の話に戻ると――」

と、咲人《さくと》は急に話を元に戻した。

「――二人は、どこに行きたいとか希望はあるの？」

「そんなの決まってるよー。――ねー、ちーちゃん？」

「うん。夏と言えばって感じだよねー？」

咲人は「おー」と感心しながら「ねー」とにこやかに話す二人を見た。

さすが仲良し双子姉妹。口に出さずとも行きたいところは同じ場所のようだ。

「じゃ、せーので発表しよっか？」

「うん。せーの……――」

「海だよっ！」「山ですっ！」

　咲人は思わず「あう」と口に出した。

（こ、ここは双子でも違いが出るんだな〜……）

　むっとしている千影に対し、光莉はやや引きつった笑顔で見つめ返す。帰宅ラッシュの喧騒《けんそう》で溢《あふ》れ返る駅の一角で、なにやら不穏な空気が漂い始めた。

「……ひーちゃん、今、海って言った？」

「言ったけど、ちーちゃんは山って言ったのかな？」

「うん。だって夏と言えば山だもの」

「チッチッチー。海のほうがド定番じゃないかなー？」

　咲人が苦笑を浮かべていたら——

「「咲人くんはっ⁉」」

「え⁉　俺⁉」

　急に振られた上に圧がすごすぎて、咲人はギョッとしながら後ろに身を引く。

「三人で行くんですから咲人くんの意見も聞きたいです！　ですから山ですよね⁉」

聞く気ないだろそれ、と咲人は思った。

「うち的にはとびっきりセクスィーな水着を咲人くんに見せたいんだけどなぁ？」

それはなかなか興味深いな、と咲人は悩み始める。

「ひーちゃん、今の誘導はズルいよっ！　──さ、咲人くんは水着よりも汗が染《し》み込んだサポートタイツ派ですよねっ⁉」

「千影、俺にそんな特殊な趣味はないよ……？　というか話がブレてるから……」

海と山──正直どちらでもいい。どうでもいいというわけではなく、三人で旅行に行けるなら、どこに行ってもきっと楽しいだろうから──

（──いや、待てよ……）

咲人は「ふむ」と顎に手をおいた。

考えようによっては、双方の意見を一つにまとめることができるのではないか──。

そう、何事も最初から不可能だと決めつけるのは良くない。

天才と呼ばれた先人たちは、どんな困難な状況においても諦めずに可能性を追い求め、前人未到の偉大な成果を残した。

発明王と名高いトーマス・エジソンが、その失敗の数、一万とも二万とも言われている白熱電球を開発した際に、フィラメントの材料として用いたのは、京都の男山、石清水八《いわしみずはち》幡《まん》の真竹である。

それはまさに、アメリカと日本という海を隔てた二つの国が、一人の天才の手によって結びついた瞬間であった——。

（なるほど、要するに組み合わせか……）

つまり、この『海か山か問題』は、点と点を結び一直線にすれば自《おの》ずと答えが見えてくる。水着か、山ガールか、それらを組み合わせると——

「——そうか……!?」

咲人の頭上でピカッと電球が光った。

それはまさに一パーセントの天才的な閃《ひらめ》きで——

「山で水着になるというのはどうかな!?」

「特殊かっ！」

「じゃ、じゃあ、海で山ガールに……」

「特殊かっ！」

「じゃあいっそ、水着の下にサポートタイツを穿《は》けば……」

「だから特殊かっ！」

——どうやら特殊らしい。

ある意味、前人未到ではあった。というよりも、話がブレブレであった。

「そういう特殊な趣味は後回しにして、とりあえず咲人くんが海に行きたいか山に行きたいか選んでください」

「もちろん、それ以外の選択肢もありだよ。うちらは咲人くんの意見に合わせるから」

それならいっそ海と山両方行けばいいと咲人は考えたが、ぱっと思い当たる場所もなく、第三候補も思い当たらない。

とりあえず、結論を出す前にこの質問をしてみることにした——

「ちなみに二人はタケノコ派？　キノコ派？」

「「タケノコ」」

「あ、そこは一緒なんだ……？」

ちなみに咲人はキノコ派である。

——して。

双子姉妹は、各々《おのおの》海だ山だと言い張って、一向に譲る気配はない。

咲人としては、せっかく恋人たちで過ごす二泊三日の旅行を、双子姉妹それぞれにとっての最高の思い出にしたいという思いもある。

よって、両者の意見をまとめ、落とし所をどこにするのか、だいぶ苦戦を強いられた。

そうして結論が出ないまま、後日改めて話し合うこととなり、今日のところはいったん解散となったのであった。

＊＊＊

一夜明けて、翌日の昼休みのこと。

千影は、またなにやら橘《たちばな》に呼び出されたそうで、昼食は先に済ませておいてほしいとLIMEが入っていた。光莉は——なぜか連絡がとれない。

LIMEは既読すらつかないので、咲人は諦めて一人で学食へ向かっていた。

（ま、こういう日もあるか……）

千影はいつ橘との話が終わるかわからないから仕方ないとして、光莉はどうしたのだろう。そんなことを思いながら歩いていたら、廊下の先に千影の姿があった。

「あれ？」

「あ……咲人くん、こんにちは。今から学食ですよね？　一緒に行きませんか？」

と、彼女はにこやかに笑う。

「橘先生の用件はいいの？　呼び出されたんじゃなかった？」

「ええ。ガン無視を決め込んで差し上げようと思って」

「差し上げたらダメだよ……。それ聞いたら怒るよ、橘先生……」

「そういう放置プレイ的なのがお好きなタイプかと」

「うん、なにその偏見……？」

と、咲人は呆《あき》れながら首の後ろを掻《か》いた。

「……というか、なにしてるの光莉？」

「はえっ⁉ や、やだな～、なにを勘違いしてるのかしら？ オホホホ……」

「俺、千影がオホホホって笑うの見たことないんだけど……千影以外の人も……」

やはり光莉だった。

光莉はいつもの髪飾りではなく千影愛用のリボンを着けている。言葉遣いや笑い方は相当怪しいが、歩き方、立ち居振る舞いは千影に似せているし、首から下げているヘッドホンもない。一見して、千影と見間違える生徒もいるだろう。

が、一箇所だけ、どうしても千影ではない部分があった――

「で、なにしてんの、光莉？ またドッキリを俺に仕掛けるつもり？」

「……はぁ～……なんでわかっちゃったのかな？」

「なんでって、そりゃ――」

咲人は言いにくそうに、彼女の胸元を指差す。このだらしない着崩しをするのは光莉しかいない。もしこれが千影だったら、どうしたんだと心配するレベルだ。

「あ、そっか！」

光莉も気づいたらしく、胸元のボタンを慌ててとめようとするが、だいぶまごついている。バストの自己主張が強いのか、はたまたワイシャツのサイズが合っていないのかはわからないが、ボタンをとめるのにもひと苦労のようだ。

その様子をただ黙って見ていることもできず、咲人は視線を逸《そ》らして待った。

ようやくとめ終わった。これで『宇佐見《うさみ》千影』の完成である。

「詰めが甘いと言うかなんと言うか……」

「うーん……うちもまだまだだねぇ」

光莉は悪戯《いたずら》が見つかったというように、てへへへと笑う。

そんなことよりも、どうして彼女は千影のふりをしているのだろうか。以前、そのせいで千影から叱られたというのに。

「……で、これはいったいどういうこと？」

「じつはねー……——あ、ヤバッ！」

光莉は咲人の後方を見て慌てて居住まいを正し、ゴホンゴホンと咳払《せきばら》いした。

咲人も気になって後ろを振り向くと――

「見つけたっ！　宇佐見光莉《ひかり》っ！」

ものすごい剣幕で近づいてくるのは、ツインテールの女の子。

一年生で、名前は知らない。校内で何度か見かけたことはあったが、クラスが違うし、話したこともなく「なんかツインテールの子がいるなぁ」くらいの記憶しかない。

そのツインテールは、咲人《さくと》がいるのもお構いなしに、光莉扮《ふん》する千影《ちかげ》に詰め寄った。

「あのね、今日こそは――」

「ゴホン！　……あの、『私』は宇佐見千影ですけど、なにか御用でしょうか？」

「え？　……えぇっ⁉　宇佐見千影っ……⁉」

千影の名前を出した途端、ツインテールがひどく狼狽《うろた》え出した。千影に苦手意識でもあるのか、二歩、三歩とたじろいで、顔を強張《こわば》らせている。

「そうですわよ？　ご理解いただけましたら、とっととあっちへ向かいやがってはいかがでしょーか？」

品が良いのか悪いのかよくわからない偽《にせ》千影の言葉を咲人は呆れながら聞いていた。

こんなのすぐにバレるだろう――そうかと思いきや、ツインテールはすっかり千影だと信じ込んでいる様子。さっきの勢いはどこに消えたのか、動揺して青ざめていた。

一度やらかした咲人としても、なんとなく今のツインテールの気持ちがわかる。

すると――

プチッ――パシィーッ！

「っ、痛っ……!?　なに今の……!?」

と、ツインテールが慌てて額を押さえた。

すると、コロコロとなにかが咲人の足元まで転がってきて、上履きに当たって止まる。

拾い上げてみると――

「――ボタン？」

「うわ、あっちゃ～……」

声のするほうを向いた。千影の――いや、光莉の、先ほど閉めたばかりのワイシャツの胸元がパックリと割れて、白桃のような谷間が「こんにちは」と顔を出している。

三人は一瞬その場で固まったが、

「あははは……ボタン飛んじゃった〜」

と、光莉が笑ったのを見て、

「そのリアクションは……やっぱり光莉だったんだねっ⁉」

と、ツインテールがいよいよ気づいてしまった。

「ヤバッ⁉　じゃあ咲人くん……愛してるぜ――」

最後にこそっと耳打ちした光莉は、悪戯っぽい笑顔を残して爽やかに去っていった。

「あっ⁉　待ちなさい！　光莉ぃいいい――っ！」

ツインテールが怒鳴りながら追いかけると、光莉が「うひゃー」と逃げ出した。

その様子を咲人は拾ったボタンを握りながら呆れて眺めていたら、

「――あ、咲人くん。ひーちゃんを見ませんでしたか？」

と、光莉と入れ違いで千影（本物）がやってきた。

「ああ、さっきまでここにいたけど、どっかに行っちゃった……」

よく見ると、千影はなぜかご機嫌斜めのご様子である。

「どうしたの？　もしかして、橘先生になにか言われたの？」

「違うんです。職員室に行こうとしたら、廊下でいきなりひーちゃんが私のリボンを奪ってどこかに行っちゃったんですよ……まったく……」

「あ、そう……なるほどね～……」

咲人はやれやれと思いながら、先ほど拾ったボタンを千影に差し出した。

「これ、あげる」

「もしかして……咲人くんの第二ボタンですか⁉」

千影は急に目を輝かせた。

「俺だけ卒業させないでほしいな……。たしかに第二ボタンだけど違う人のボタン……」

「え……じゃあ要りません……」

と、今度は一気にテンションが下がる。非常にわかりやすい人だ。

「いや、そのうち必要になると思うから……。ところでお昼はまだだよね？　一緒に学食行く？」

「……へ？　い、行きます！　やったぁーっ！」

千影はルンルンと弾みながら弁当を取りに教室へ向かった。

（……にしても、なんで光莉は追いかけられていたんだろ？）

首を傾《かし》げた咲人だが、自分もすでに事件に巻き込まれているなど、このときは知る由《よし》もなかった。

第2話　宇佐見光莉は新聞部……？

「――で、どういうこと？　なんで追いかけられて千影のフリをしてたの？」

「ひーちゃん、怒らないから話して？　……話さないと怒るけど」

放課後、洋風ダイニング・カノン。

光莉は対面に座る咲人と千影に問い詰められ、てへへへと苦笑いを浮かべていた。

どちらかと言えば冷静な咲人に対し、千影は時間が経《た》つごとにボルテージが上がってきているようで、なかなか言い出さない光莉にいよいよ痺《しび》れを切らした。

「また私のフリをするなんてっ！　咲人くんのときに反省したんじゃなかったの⁉」

光莉は「うっ」と呻《うめ》き、すっかり叱られた子供のようにしゅんとなった。

「そ、それはですねー……ごめんなさい……」

千影が怒る気持ちもわかるが、咲人としては千影への謝罪より理由が聞きたい。トラブルに巻き込まれているならなおさらで、困っているならなんとかしたいのだ。

「千影、冷静に、冷静に……。そんなに責めるような訊《き》き方をしたら、光莉だって本当のことを言えないいんじゃないかな？」

なだめるように言うと、光莉は助け舟を出してくれたと思ったのか、キラキラと目を輝かせて咲人を見た。

「甘やかしてはダメです！　だいたい、咲人くんはひーちゃんに甘いと思います！」

「いや、千影に対しても甘いと思うよ？　俺も反省してるけど」

「ま、まあ、たしかに咲人くんは甘やかすのが上手ですからねー……」

千影がデレたのも束《つか》の間、

「って、誤魔化さないでくださいぃぃ――――っ！」

と、ボルテージが急上昇した。怒りたいのかデレたいのかどっちなのだろう。

「でも、ほら、もうちょっと優しく訊くほうがいいんじゃないかなと思って……」

「それだとひーちゃんのためになりません！　もっと厳しくしないと！」

「そ、そっか……まあ、そう言うなら千影に任せるよ……」

咲人と千影がやり取りするのをじっと見ていた光莉は、急にニコっと笑った。

「なんだか子育ての方針で揉《も》める夫婦みたいだね？」

「ちょっとひーちゃん！　怒ってるんだから茶化さないで！　――ねえ、パパ？」

「そうだぞ光莉……ん？　――千影、今、パパって言わなかった……？」

呆れながら千影を見るが、むっとしたまま光莉を睨《にら》んでいる。

「とりあえず……光莉、ちょくちょく千影の変なスイッチを押すのはやめなさい……」

多少複雑な気分にはなったが、とりあえず話を先に進めたい。

「それで、光莉はどうして千影のフリをして逃げてたの？　あと、あの子は？」

光莉は困ったように眉根を寄せた。

「うちを追いかけてた子、東野和香奈《ひがしのわかな》ちゃんっていってクラスメイトなんだけど、四月に和香奈ちゃんから新聞部に入らないかって声をかけられて……」

「まさか、オッケーしちゃったの？」

咲人が先回りして訊くと、光莉は困ったように「うん」と頷《うなず》いた。

「新聞部がギリギリの人数だし、一年は和香奈ちゃん一人だけっていうのもあって……。それならべつにうちじゃなくてもいいじゃんって言ったんだけど、どうしてもうちにお願いって感じで、断りきれなくて……」

「しぶしぶって感じ？」

光莉はまた小さく頷いた。

「とりあえず名前だけでもって感じで……うち、そんなに暇そうに見えるかな？」

「うん」

「二人してひどっ……!?　いっぱい頭使ってるし、暇じゃないもん！」

暇そうにしている人が「今考え事をしていて忙しい」と言い訳している感じにも聞こえ

るが、彼女の場合はそうではない。

光莉は、いわゆる天才なのだ。

物理化学、生物や人間工学、心理学といった様々な分野の学問をほぼ独学で学び、中学までに様々な分野で功績を残してきた。

暇そうに見えて、彼女の思考は常に目まぐるしく動き続けているのだろう。

ただ、そんな天才も案外押しに弱い。あの和香奈という少女のことだ。どうしてもと勢いで頼み続け、光莉もいよいよ断りきれなかったのだろう。

(数合わせだけのつもりだったのかな？　それともほかに理由があるのか……？)

咲人は、和香奈が光莉を欲《ほっ》する理由がどうしても気になった。

「なんで今さらなんだろ？　今になって、急に光莉が必要になった理由は？」

「うーん……事情はよくわからないけど、最近和香奈ちゃんがしつこくて……」

「新聞部の事情は？　訊いてないの？」

「訊いたけど、部員なんだからお願い、だとか、今は光莉が必要なの、だとか……」

光莉を欲する理由もそうだが、「今は」というのがどうしても引っかかる。しばらく学校に来ていなかった光莉を、無理やり部活に引っ張り出す理由はなんだ。

きちんと事情を説明すれば、光莉だって考えないわけでもないと思うが——

「追いかけ回されているのはいつから?」

「今月に入ってからずっとかな? 言わなくてごめんね……」

するとしばらく黙ったまま聞いていた千影《ちかげ》が口を開いた。

「たぶんですが、今月、前期の部活動監査があるからです。幽霊部員がいると監査でマイナスがつく可能性があるので」

「マイナス? 監査って、なんだそれ?」

「有栖山《ありすやま》学院には体育系、文化系、合わせて二十四の部活動と、十二の同好会があります。それぞれに公平に部活動予算を配分するために、年に二回監査を行うんですよ。その前期の監査が七月中に行われ、その活動報告を監査委員会がするんです——」

——して。

千影の話はそこから約十年前まで遡った。

前提として、有栖山学院の部活動の活動費の配分は生徒会執行部に権利が委ねられており、部活動顧問会の承認を得て、各部に活動費が配分される仕組みになっている。

今まで不正会計等はなかったものの、十年前、活動費の引っ張り合いで部活同士の揉め事が起きたそうだ。

その際、生徒会執行部と部活動顧問会があいだを取り持ち、長い長い話し合いの末、生徒会執行部が各部を回って公平に監査することになった。活動報告を第三者に任せることで、客観的事実をもとに、公平性を保つという妥協案である。

ところが、今度は監査に回せる人員がない。

限られた期間の中で正しく監査するには、生徒会執行部だけでは人数不足だった。

そこで発足したのが「部活動監査委員会」だった。

部活動監査委員会は、生徒会執行部から独立した組織で、生徒指導部《教師》を錦の御旗《みはた》に掲げた者たちの集まり。つまり、なにかあれば「文句があるなら先生を呼ぶぞ！」という脅し文句を使って、公正かつ冷徹な判断を強制的に下すことができるという。

そんな血も涙もない鬼のような監査人たちは、一部の生徒たちからは「生徒指導部の犬」と呼ばれているそうな――

「――へえ、さすが詳しいな～」

と、咲人《さくと》は感心しながら訊いていたのだが、千影は気まずそうに頭の上に両手を持っていって、犬耳の代わりにした。

「ワンワン……なんちゃって～……あははは……」

苦笑する千影を見て、咲人は思わず「おおう」と呻いた。

「……もしかして、ワンワンなの？」

「はい……ワンワンになっちゃいました……」

そういえば数学の橘《たちばな》冬子《ふゆこ》は生徒指導担当でもある。

（だから橘先生に呼ばれたのか……）

彼女に頼まれ、千影は生徒指導部の犬になったというわけだ。

「今回も断れなかったの？」

「いえ、頼んできたのは橘先生のほうですが、今回はどちらかというと前向きです」

「……と言うと？」

「私は前回の一件で不甲斐《ふがい》なさを感じたので、リベンジをしたいなと思ったんです。今度こそ咲人くんやひーちゃんに頼らずに、任されたお仕事を頑張ってみようと！」

なるほど——千影はまだ六月の『あじさい祭り』のことを気にしていたらしい。

あのとき咲人は光莉《ひかり》を連れていき、なんとか行事を成功させられたが、自分一人でなんとかできなかったことを悔いていたようだ。なんだか真面目な千影らしい。

咲人は微笑を浮かべた。

「千影がそうしたいのなら俺は応援するよ。頑張ってね？」

「ワン！」

「あ、うん……リアルに犬にならなくていいよ、ほんと……」

たぶん千影に尻尾があったらブンブン振っているんだろうなと思いながら、そこで咲人と光莉は同時にはっとした。

「千影、念のために訊いてみるんだけどさ……」

問う前に千影がきまりの悪そうな顔をした。

「……気づいちゃいました？　そうなんです、私が監査するのはひーちゃんの所属する新聞部なんです……クゥーン……」

「ニャンだってーっ⁉」

「光莉までニャンニャンしなくていいから……」

咲人は獣人化が始まった双子姉妹にほとほと呆《あき》れつつ、どうりで、と思った。

（これが偶然なわけないよな……）

千影がこれから監査するのは、光莉が所属している新聞部――。

双子姉妹を無理やり引き合わせようとしている人物の顔を思い浮かべて、咲人はやれやれと眉根を寄せた。

＊＊＊

「橘先生、おはようございます」

「おはよう、高屋敷《たかやしき》。今日も暑いな」

「はい……で、今回はなにを企《たくら》んでいるんですか？」

翌朝、登校して間もなくのこと。職員駐車場に続く校舎横、花壇であじさいの剪定《せんてい》をしていた橘冬子《ふゆこ》に、咲人はこう問うた。

橘は、ふっと声にならない笑いを見せた。

「失敬な、企んでなど……私はね、ただ宇佐見《うさみ》千影に仕事を頼んだだけだよ」

やっぱりな、と咲人は思った。

千影の名前すら出していないのに——察しがいいというより、最初からこうして咲人が訊《たず》ねてくると予想していたのではないか。

相変わらず話が早くて助かるが、果たしてなにを企んでいるのだろう。

「千影の担当を新聞部にしたのは、光莉がいるからですよね？」

橘は、肯定も否定もせず、ただ薄《う》っすらと笑みを浮かべながら、パチン、パチンと剪定を続けている。切り方に意味があるのか、形良く切り揃《そろ》えているわけでもないらしい。

「ま、企みうんぬんはともかくとして、新聞部は今非常に大変な状況でねぇ……」

「……？　廃部に追い込まれているとか？」

「さすが、察しがいいな」

「今のはテキトーです。でも、なにか問題があるなら、廃部もやむを得ないことだと思うんですが？」

「逆だよ。残さなければならないから難儀なんだ……」

橘は「ふぅ」と一息ついて、ハサミを革製のケースにしまった。

「部活というのはね、そう簡単には潰せないものなんだよ。一つ潰すと、同好会を格上げしろとか、新たな部を作れとか、そういう要望が生徒だけでなく保護者や地域、後援会からも来るんだ」

「なんだか面倒そうですね？」

「ああ、とても面倒だ。それくらいたいしたことでもないと思われがちだが、新たな部の創設は摩擦と軋轢《あつれき》を生むからな。そこに大人が絡《から》むと、教師サイドは大変だよ」

橘は苦笑いを浮かべる。

「一人でも活動している部活動があれば残すのはそういう事情だ。誰もいなくなったら休部というカタチをとるのも、けっきょくは新たな部の創設を阻止するためさ」

しかし腑《ふ》に落ちない。

カタチばかりの「部」というハコになんの意味があるのだろうか。

それならいっそ、やる気のある新たな部をつくったほうが賢明なのではないか。

「ところが、件《くだん》の新聞部は現在廃部になりかかっている。かつての威光は地に落ち、しばらく一部も発行できていない状況が続いているんだ。それだけでなく……まあ、いろいろ込み入った事情があってね……」

橘は頭を抱えた。その「込み入った事情」とやらが悩みのタネなのだろう。

とはいえ、新聞部の事情などはどうでもいい。

咲人にとって重要なのは光莉と千影――二人に悪影響が及ばないかどうかだけだ。

「あの、橘先生――」

「ときに高屋敷、あじさいはなぜ植える場所によって花の色が変わるかわかるかね？」

「……え？　なぜって土の性質です。土が酸性なら青、アルカリ性ならピンクですが、それがなにか……？」

「正解だ。よく知ってるな？」

「まあ、そう習いましたから……リトマス試験紙の逆って……」

あじさいを見つめながら橘は微笑《ほほえ》んだ。

「ふむ。正確には、土のpH《ペーハー》という。もともとあじさいの花の色はピンクだ。アントシアニンという色素がそもそもピンクでね。ところが、アルミニウムを吸収すると、アントシアニンと化学反応を起こし、青色に変わる——」

橘はその場に屈《かが》むと、今度は指先で土を摘《つま》んでみせた。

「アルミニウムは酸性土壌では水に溶けやすくなり、アルカリ性土壌では水に溶けにくい。この性質を利用して好みの色を出すんだ。……まあ、品種にもよるがね」

さっきから、いったいこの人はなにが言いたいのだろうか。関係のない話でお茶を濁すつもりなのか。

「そうなんですね？　——いや、そろそろ話を元に戻したい。

「要するに、土壌だよ。大事なのはね」

橘は腕時計を見た。

「——おっといけない。朝の職員ミーティングの時間だ」

「先生、まだ話は——」

「ま、せっかくだ。宇佐見姉妹もいるし、新聞部に協力してみてはどうかね？　本気の君がどこまでやれるのか、私は見てみたいな——」

煙《けむ》に巻くようにして、橘はさっさと校舎へ向かった。

（……逃げたな。でも、なるほど……俺を引っ張り出したかったわけか……）

橘の目論見《もくろみ》はだいたいわかった。

宇佐見姉妹をダシに使って、廃部寸前の新聞部をなんとかしてほしいようだ。

しかし協力と言っても、千影《ちかげ》は今回一人で監査を頑張ると宣言していた。

一方の光莉は、いちおう新聞部の部員ではあるが、やる気がまったくない。

（むしろ、今は光莉と千影とどう付き合っていくかのほうが大事なんだけど……大事なのは土壌か……）

要するに、もし新聞部の現状を変えることができたなら、そこに所属している光莉も変えることができると橘は言いたかったのだろう。

（光莉を変える？　今のままでも十分だと思うんだけどな……）

光莉は元気に登校できているし、新聞部の東野和香奈《ひがしのわかな》に追いかけられている以外は、特に問題を抱えている様子も見当たらない。

監査と新聞部、どちらとも関係ない身としては、出しゃばる必要もなさそうだが――

（――いや、ちょっと待て……今回は光莉というより……）

と、咲人はそこで急速に理解し始めた。

問題を抱えた廃部するかもしれない新聞部。そこに千影が生徒指導部の犬として送り込まれ、積極的かつ忠実に仕事をこなしたなら――

(新聞部を廃部に追いやった責任が、千影に背負い込まされるかも……!? あの人、せっかくもなにもないだろっ!)

咲人《さくと》は慌てて校舎のほうを向いたが、すでに橘の姿はなかった。

＊　＊　＊

「――どうしたんですか、咲人くん?」

はっとして声がするほうを向くと、心配そうに見つめる千影の顔があった。

今は昼休み。今日も光莉がいないので、千影と中庭のベンチに腰掛けて昼食をとっていたのだが、咲人は今朝の橘とのやりとりがどうしても頭から離れないでいた。

「さっきから進んでいないみたいですが、お腹《なか》があまり減っていないんですか?」

半分ほど食べ終わった千影に対し、咲人は購買で買ってきたサンドイッチの端をひと噛《かじ》りしたところで止まっていた。

「あ、いや……」

たしかに食が進まない。千影に今朝のことを伝えようか伝えまいか、自分の中で迷っているせいかもしれない。

咲人は真剣な表情で千影をじっと見つめた。

「な、なんですか？　急に見つめられると、照れちゃうと言いますか……な、なんだか今日暑いですね～……！」

千影はパタパタと手団扇《てうちわ》をしながら咲人から目を逸《そ》らす。

「ひ、ひーちゃんがいないから、ふ、二人きりですね？　ひーちゃん、今日も東野さんに追いかけられているのでしょうか？」

「どうだろ？　──まだ、ＬＩＭＥの既読がついてないね。たぶんそうかも」

咲人はスマホを確認して、またズボンのポケットにしまう。

「大変ですね、ひーちゃん」

「あのさ、千影──」

「あ、そうだ！　旅行の件、もう叔母さんに相談しました⁉　うちはパパとママが友達と行くならオッケーという感じになりまして！　行きたい場所はもう決めました？　私、本当はあまり体形に自信がなくて、水着を着たい気持ちはあるんですが──」

と、千影はいつになく早口で話し続ける。

光莉《ひかり》がいないことで、かえって緊張しているのだろう。最近はずっと三人でいたから、二人きりでなにを話したらいいのか──そんな感じで。

咲人は、そんな千影を愛《いと》おしく思った。なにも知らずに問題に巻き込まれているのかもしれないのに、恥じらい、焦《あせ》り、自分をこれほどまでに好いていてくれる彼女の姿を、ただただ愛おしく思った。

不意に中学時代までのことが思い起こされる。

自分が周りからなんと呼ばれて馬鹿にされていたか、そんなことを——

『高屋敷ってさぁ、なんかロボットみたいじゃん？』

『わかるー。ＡＩとか搭載してそー』

誹謗《ひぼう》中傷や侮蔑には耐性があった自分とは違い、千影はそうではない——

『目立つことは悪くないと思っていますが、怖いと感じるときもあります。人からどう見られているのか、これでも悩むことがあるんですよ？』

——ならば、新聞部の監査は、千影にとってマイナスにしかならない。

（千影には、俺と同じ思いをさせたくない……）

　これで新聞部が潰れる事態になったら、彼女は悪目立ちしてしまうだろう。杞憂《きゆう》かもしれないが、咲人にはどうにも胸騒ぎがしてならないのだ。

「……千影、ちょっと俺の話を聞いてくれないか？」

　いつになく真剣な眼差《まなざ》しの咲人を、千影は戸惑いながら見つめ返した。

「なんですか？　やっぱりなにか悩み事でも……？」

　心配そうな表情の千影に向けて、咲人はそっと口を開く――


「俺は君を守りたい」


　千影は安心したように息を吐く。

「そうなんですね？　つまり咲人くんが気にしていたのは――…………――へ？」

　千影は一瞬なにが起きたのかとフリーズしたが、

「ふぇえええええ――――っ⁉　いきなりどうしたっ⁉」

　と、千影は胸を押さえて急に狼狽《うろた》え始める。

「キュンが、キュンで、ズキュ――ンって……！」

「あの、千影、周りに聞こえるから、いったん落ち着いて、深呼吸して……」

「は、はいぃー……ヒッヒッフー……ヒッヒッフー……」

「……それはラマーズ法だよ？　陣痛《じんつう》が始まったときのやつ……」

呆《あき》れながらツッコんでおいたが、千影はまだあたふたとしている。

「これってキュン死に案件、キュン死に案件、キュン死に案件……ぜんぜん落ち着かないぃ！」

「あ、そう？　どうしたら落ち着くの？」

「も、もう一度今のをっ！　今のセリフをもう一度お願いします！　二度言われたら効果が薄れるはずっ！　おかわりをくださいぃーっ！」

「じゃあ……——俺は君を守りたい」

「かっ、はっ……⁉」

吐血したぐらいの勢いで、千影はクラっと意識を失ったかのように身体《からだ》を揺らした。クリティカルヒットである。

一度目で胸部装甲に傷がつき、二度目で貫通してしまったのだろうか。

「ムリムリムリムリ……咲人くんに言われたい言葉第三位を本日二度も……」

「あ、うん……第一位と第二位が気になるなぁ……」

「というか、急にどうした⁉　サービス精神旺盛かっ⁉　それ、今ならセットでハグとち

ゆーもついてくるやつですよね⁉」

「なにそのお得なハッピーセット……？」

咲人はやれやれと呆れながらも、首をぶるんと振るって、もう一度真剣な顔になる。

「そういうことじゃなくて、千影は知らないうちに大問題に巻き込まれているかもしれないんだ。だから、守りたいって話……」

「……大問題？」

千影は素に戻った。

「ああ……まあ、ちょっと事情を説明すると――」

咲人は今朝の橘《たちばな》とのやりとりから、事実と、そこから導き出したシナリオを伝える。

光莉が新聞部に所属していることとはべつに、今新聞部はなにかしらの問題を抱えていて、非常に微妙な立場に立たされているということ。

そして――おそらくだが、千影の監査が今後の新聞部の活動になにかしらの影響を与えるということも。

「――橘先生は、新聞部を潰したくないみたいだ。さすがに、千影の監査の結果は直接影響しないと思うんだけど……」

「けど、なんです？」

「部費が削減されたとか、最悪の場合、新聞部が潰れることになったら……千影が周りにいろいろ言われる可能性はあるし、そのときは新聞部の人から恨みを買うかもしれない」

その可能性は無きにしも非《あら》ず――なぜなら、外部生の首席合格者、宇佐見《うさみ》千影だから。

正しさが正しく受け入れられないこともあるのだと咲人は知っている。

「千影にやる気があるのはわかっているんだけど、君のイメージダウンになるなら……俺はどうしても見過ごせないんだ」

回り回って、新聞部に在籍している光莉にも影響を及ぼしたらとも思うと、やはり――

「やっぱり千影が矢面《やおもて》に立つのは反対だ。今からでも辞退できないかな？」

はっきりそう告げると、千影はふと微笑を浮かべる。慈《いつく》しむような顔だった。

「……咲人くんの気持ちはわかりました。ずっと元気がなかったのは、そういうことだったんですね？　私のことを……ううん、ひーちゃんのことまで考えてくれていて……」

「うん、だから――」

「嬉《うれ》しいです、とっても。咲人くんと恋人になれて良かったです」

千影は咲人の言葉を遮り、頬を紅潮させながら自分の胸に手を当てた。

「姉妹揃《そろ》って、咲人くんにそこまで大事に想《おも》われているんだなって思うと、こう……胸の奥が温かくなって、勇気が湧いてきます」

「千影《ちかげ》……」

「だから私はなにがあっても大丈夫です。それと、咲人くんとひーちゃんになにかあれば、私が守りますので任せてくださいね？」

咲人はこれ以上なにも言うまいと思った。

千影が天性の努力家で、筋を通す人間だということは十二分に理解している。

そんな彼女を信頼することも彼氏の務めだと思って、自分の考えた最悪のシナリオを、杞憂かもしれない妄想を、彼女に押しつけるのはやめることにした。

だが、なにかあれば、そのときは――

「……でも、もし困ったことがあれば相談に乗ってもらってもいいですか？」

「もちろん。いつでも」

「ありがとうございます。ほんと、咲人くんが恋人で良かったー……」

そこで会話が途切れると、今度は互いに見つめ合った。

「……なに？」

「えっと、今すごく、甘えたい気分で……ちょっとだけ……」

なんとなく、そういう流れなのだとお互いに感じとっていた。

少し空けて座っていた二人の間隔がじりじりと縮まっていく。

心臓が激しく鼓動する。けれど互いに目を外さないし、外せない。

赤くなった二人の顔が徐々に近づいていき、吐息が近づき、目を瞑《つぶ》り、そして――


「あーっ！　ちゅーしようとしてるっ！」


ギョッとした二人は、瞬時に離れ、ベンチの端と端に座り直した。

声の主は光莉で、彼女はベンチの背もたれの後ろからニョキッと顔を出していた。

「光莉っ⁉　いつからそこに⁉」

「ほんと、咲人《さくと》くんが恋人で良かったー……あたりから？　というか二人とも、ここ学校だからね？　周りに人がいるのに我慢が足りないなぁ〜……」

と、光莉が茶化すように言う。

「「っ――……」」

咲人と千影は、顔から湯気が出そうになるほど真っ赤になって俯《うつむ》いた。

ツイントーク！①　夏に向けて……？

夜、宇佐見家のリビングにて、

「ふぬぬぬ！　ふぬぬぬぬ！　ふんぬぅ――っ！」

と、必死な形相で千影が腕立てをしていた。

「ちーちゃん、筋トレしてるの？」

「夏にぃー……！　向けてぇー……！　ダイエッツ――ッ！」

「……なんで複数形？」

顔を真っ赤にしながらペタンとへたり込む千影。光莉《ひかり》はその横でソファーに腰を落ち着け、呑気《のんき》に風呂上《ふろあ》がりのカリカリくんソーダ味を食べ始めた。

「もう！　ダイエッターの目の前でアイス食べないでくれる!?」

「ダイエッターって……」

光莉は自分の手に持っているカリカリくんをニコッと千影に向ける。

「ひと口食べる？　はい、あ――……」

「うん♪　あ――……じゃなくって！　ダメだって言ってるの！」

「おお、土壇場《どたんば》で理性が勝った……」

「だって、咲人くんへの愛のためだもの！」

「……どゆこと？」

するとを千影は、女性向けファッション雑誌『am・am《アム・アム》』の特集号をすっと光莉に差し出した。

「『気になるカレを魅了する愛されボディメイク術』？」

「フフン！　これを使えば夏までにPERFECT BODYになれるはず！」

「あ、うん……もう夏だけど、そんなことより英語の発音めっちゃイイね……？」

「ひーちゃんも鍛えておかないと……うっ……」

千影は風呂上がりの光莉の全身を見て、思わず呻《うめ》いた。

キャミソールの下はショートパンツなのだが、濡《ぬ》れた髪、火照《ほて》った柔肌、ほんのりと赤みを帯びている全身は、思わず生唾をゴクンと飲んでしまうほど色っぽい。

普段なんの運動もしていないというのに、出るところは出て、引き締まっているところはちゃんと引き締まっている。

同じ双子だとは思えないほど、光莉のBODYは今日もPERFECTだった。

「な、なぜ……私の遺伝子、どこがひーちゃんと違うというの……」

「……なにが？」

地面に手をついて落ち込む千影を見ながら、光莉はそれとなく身体を見た。

鍛えるまでもなく、千影のプロポーションは完璧に見える。

胸のサイズは自分よりワンサイズ上で、肉づきはいいが、けして太っているというわけではない。千影は自分に自信がなさすぎるのだと思う。むしろ、ワイシャツのボタンを飛ばしてしまった自分のほうが、太っているほうではないかと光莉は思う。

「ところでさぁ、お昼休みに咲人くんとちゅーしようとしてたよねー？」

千影はギクッとなって顔を上げた。

「うちがいないところでちゃっかりやってんねぇ～？」

「アレは、その場のななな……流れで！」

「流れって、どんな感じかな？　途中からしか見てなかったし、教えてほしいな」

千影は思い出したように――

「キュンってなったの……『俺がお前のことを守ってやるぜ！』って言われて……」

――出していない。半分以上妄想の咲人になっている。

「なにそれっ⁉　ほんとに咲人くんが言ったのかなっ⁉　うち、そんな感じで言われたことないよっ！」

「だよね……私も最初驚きだった……」

おそらくこの場に咲人がいたら、彼のほうが驚いていたことだろう。

「ほかにはほかにはほかには⁉」

「あとは流れで……あぁもう思い出しただけで恥ずかしい～～～……！」

「ちーちゃん！　そこ大事っ！」

羞恥で真っ赤になっている千影のそばで、光莉は興奮気味にパタパタと手を動かす。

「えっと、あとはひーちゃんが見てたところからで……見つめ合って……」

「うんうん！」

「顔を近づけていったら……」

「それでそれで⁉」

「……ひーちゃんに邪魔された」

千影の瞳に悲しみが宿ったのを見て、光莉はカリカリくんの色ほどに青ざめていく。

「……スミマセンデシタ」

「……うん」

「……アイス、食べマス？」

「……うん。──あ、当たりだ」

第3話　ラブレター・プレデター……？

七月七日、七夕。

予報によると、今日の夕方から明日にかけて曇りが続くらしい。

そもそも、七夕に晴れる確率は二十六パーセント前後なのだそうだ。年に一度会うことが許されている織姫《おりひめ》と彦星《ひこぼし》が雲の向こうでイチャラブしているのを、天気の神様が気を使って隠しているのだろう。

そんなことを思いつつ、咲人は学食へ向かっていた。途中、上機嫌な千影と一緒になって、二人で学食へ向かう。こちらは晴れ渡った星空のような顔をしていた。

「なにか良いことでもあったの？」

「はい！　昨日のことを思い出すと嬉しくって。昨日、咲人くんから『お前のことを守ってやるぜ』と言われましたので！」

「あ、うん……そうは言ってない。どうして俺をワイルド系にしたがるの？」

そういった理想の彼氏像でもあるのか、脳内補正がかかっているのかはわからないが、自分の言動が一・五倍くらい誇張されるのなら、これから先の言動を改めなければならないと咲人は思った。

「ところで、光莉は今日も追いかけられてるのかな？」

「ＬＩＭＥはまだ既読がつきませんね……大丈夫かな、ひーちゃん……」

と、そんなことを話しながら階段を下り、一階の踊り場までやってくると――

「――あ、咲人くん、ちーちゃん！」

今来た階段を、光莉が猛ダッシュで下りてきた。

「光莉、今日も東野《ひがしの》さんに追いかけ……おわっ――」

咲人と千影は唐突にグイッと腕を引っ張られる。

「ちょっ、ひーちゃん……⁉」

「話はあと！　とにかく今は一緒に逃げてほしいなっ！」

まるで映画のワンシーンのようなセリフだが――

「なんで俺と千影まで⁉　ちょっ、光莉ーっ！　……――」

＊　＊　＊

光莉に引きずられるようにして連れてこられたのは、教室棟と部室棟を繋《つな》ぐ渡り廊下だった。休み時間は人気《ひとけ》がなく、身を隠すにはうってつけの場所ではあるが――

「だから、なんで俺と千影まで……」

ハァハァと息を切らしてる光莉に多少の不満をぶつける。

「最近、お昼休みは三人でいられなかったから」

「まあ、そうだけど……」

突然巻き込まれた上に学食とはまったく反対側に来てしまった。ここから一番近いのは購買だが、さてこれからどうしようと悩む。

「ひーちゃん……いい加減逃げないで、きちんと東野さんと話したら？」

「だって、うちの話はぜんぜん聞いてくれないし……」

「うーん……猪突猛進《ちょとつもうしん》な千影《ちかげ》タイプなら、腰を据えて話したほうがいいかもなぁ……」

「そうそう、じっくりと話して……咲人くん、今なにか気になる発言があったんですが？」

「腹減ったなぁって……」

苦笑いで誤魔化したが、千影は眉根を寄せてプクッと頰を膨らませる。

「とにかく、逃げ続けても解決しない問題だろうし、俺があいだに入ろうか？」

「それは嬉《うれ》しいけど、話を聞いてくれるかな？」

「向こうに聞く気がないなら、退部届を出せばいいんじゃないか？」

「それも考えたんだけど……」

と、暗い表情を浮かべた。

光莉は過去に対人関係で悩んだ末、学校を休みがちになった経験がある。だから彼女の相談に乗る場合は、光莉の周囲の人間関係にも注意を払わないといけない。

そのことを考えず、安易に退部届の話を出してしまったのは失敗だったか。東野和香奈《わかな》がクラスメイトなら、辞めたあとのことも考えなければならないのに。

「でも、そうだね……今日の放課後、ついでに職員室でもらってくるよ」

光莉が笑顔を浮かべたので、ほっとした咲人《さくと》だったが――

「……ん？　ついでって？」

「担任に呼ばれてて……。しばらく学校を休んでたから、補習を受けなきゃダメなんだって。中間テスト受けなかったし……」

光莉はこのあいだの実力テストで三教科満点だった。

そんな彼女にとっては必要のなさそうな補習だが、いちおう今度の期末テストと加味して一学期の成績をつけてくれるそうなので、受けておいたほうがいいだろう。

「あ、じつは私も今日の放課後は監査委員の会議がありまして……」

「じゃあ、千影も放課後は時間がかかりそう？」

「はい。一時間ぐらいでしょうか」

「うちもそれくらい。咲人くんは先に帰っちゃうのかな？」

「いや、二人が用事を済ませるまでどこかで待ってるよ」

あまり考えずにそう言うと、双子姉妹の表情がパーッと明るくなった。

「咲人くんのそういうところ――」

「――うちらは大好きだよ♪」

「え？　え？　なんで？」

戸惑いつつ、なんだか照れくさくなった咲人は二人から顔を逸《そ》らした。

が、その視線の先に、キョロキョロとあたりを見回している人物が目に入った――

「っ⁉　……あれ、東野さんだ」

「どうしよう⁉　こっちに来そうだよ⁉　部室棟に行く⁉」

慌てた調子で光莉《ひかり》が言うと、咲人と千影はニコニコと穏やかな表情で右手を振った。

「「さようなら」」

「薄情者掛ける二ぃ――――っ！」

それは冗談だとして。光莉はかなり狼狽《うろた》えているが、ここは一緒に部室棟に逃げるべきだろうか。しかし、それだと購買も学食も遠ざかってしまう。

そのとき、ふと大きな掃除ロッカーが目に留まった――

「——あれ～？　たしかこっちのほうに来たはずなんだけど……」

東野和香奈はキョロキョロと辺りを見回しながら、先ほどまで咲人たちがいた場所にやってきた。

「おかしいな……部室棟のほうに行ったのかなぁ……」

立ち止まって考えている和香奈のそば、大きな掃除ロッカーの中では——

（——完全に失敗したぁあああ————……）

と、咲人はすっかり後悔していた。

光莉と千影を連れて掃除ロッカーの中に入ったはいいが、予想以上にサンドイッチだったのである。つまりなにが起こっているかと言うと——

「せ、狭い、暗いよぉ……なんで私まで……」

「シィー……ちーちゃん、声を出しちゃダメだよー」

「二人とも、動いたらダメだって……！」

蒸し暑さのこもる薄暗がりの中、三人は密着状態にあった。

「ひゃ……!?　さ、咲人くん、今……!?」

「い、今のは光莉が押してきたからで……」

「えへへへ～、えいえい♪　さっきうちを見捨てようとした罰だよ♪」

「ひゃっ！　今度は……あ、ちょ、そこはダメ……！」

「俺じゃない……！　光莉、ふざけたらダメだって……！」

咲人を挟んで、双子姉妹がムギュギュと胸を押し当てる状況ができていたのである。

後ろに身を引けば千影に、前に行けば光莉に密着してしまうこの状況――。

直立不動でやりすごそうとしていた咲人だったが、考えが甘かった。

光莉がわざと胸を押し当ててくる。そこで下がれば千影の胸が背中に当たる。おまけに二人の髪からは得《え》も言われぬフローラルな香りがするので、ここが掃除ロッカーの中だということさえ忘れてしまいそうになる。

それにしても、いったい誰のためにこうして一緒に隠れたのかわからない。

どうして光莉はこの状況で悪ふざけができるのだろうか。そもそも、光莉だけロッカーに押し込めば良かったのではないか。この状態で誰かに見つかりでもしたら、変な噂《うわさ》が出回ってしまうのではないか――。

つまり、すっかり自分で自分を追い込んでしまったあとの『完全に失敗した』だった。

咲人がそんな柔らかさのサンドイッチ状態になっている中――

「——え？　今、このロッカー動かなかった……？」

和香奈はギョッとしながらロッカーを見つめた。なんだか怪しい。恐る恐るロッカーに近づいていき、取っ手に手をかけると——

「——和香奈、どうしたの？」

急に後ろから和香奈に声をかける者がいた。

「あ、真鳥《まとり》先輩……」

——二年生の高坂《こうさか》真鳥。

和香奈の所属する新聞部の副部長を務めている彼女は、すらりと背が高く、長い髪を一本括《くく》りにしている。一見して陸上部にでもいそうなはつらつとした雰囲気だが、彼女の手には自前の一眼レフカメラがあった。

「今から部室に行くんですか？」

「ああ。ちょっと野暮《やぼ》用で。和香奈、一緒に部室行かね？」

「まあ、いいですけど」

「じつは和香奈に相談したいことがあってさぁ」

「またいつものロクでもないことじゃないですよね……」

「ひっどぉ！　私はね、こう見えて後輩には優しいの。だいたいあんたは、……――」

と、和香奈は真鳥に連れられて行ってしまったのだった――


「「「………」」」

ロッカーの中にいた三人は、二つの足音が消えるのを静かに待った。

そうして、ようやく音がしなくなったころ、三人は静かに扉を開けて外に出た。

「ぷはぁー……暑かった～……汗でベタベタするねー……」

「もう、ひーちゃん！　どさくさに紛れてなんてことするの⁉」

「えへへへ、ドキドキした？」

「するよ、フツーにっ！　というか私のお尻触ったでしょ⁉」

「ごめん、それは俺かも……」

「んーと……ならよし！　ひーちゃん、ああいうおふざけはダメだからね⁉」

あ、俺はいいんだ――と、咲人は呆《あき》れながら千影を見た。

「ん～、でもさー、ドキドキしたらなんだかお腹《なか》が減っちゃったね？　――てことで、学食にレッツ・ゴー！」

「あっ、待ちなさいっ！　ひーちゃん！」

千影に怒られる前に光莉がまた駆け出した。

その様子を見ながら、掃除ロッカーはもうこりごりだと思う咲人であった。

──して。

事件が起きたのは、その日の放課後のことである──

＊　＊　＊

終業のチャイムが鳴り、教室から出ていく生徒たちに混じって咲人も廊下に出た。

（二人の用事が終わるまで本屋に行って待つか……）

そうして、昇降口で靴を履き替えようとしたところ──

（……ん？　なんだこれ？）

靴に履き替えようと下駄《げた》箱の扉を開けると、咲人はそれを見つけた。

揃《そろ》えられた靴の上に置いてあったのは一通の封筒。手に取ってみると、多少幼い感じの可愛《かわい》らしい封筒に、丸っこい文字で『高屋敷《たかやしき》咲人くんへ』とあった。

──記憶を辿《たど》ってみる。

千影《ちかげ》は習字をやっていたのか、多少丸みを帯びているが、しっかりとした楷書体だ。どちらかと言えば光莉の文字に近いが、止め、撥《は》ね、払いの癖は彼女のものとは一致しない。

（じゃあ、誰からだ……？）

裏返してみると、ハートのシールで封がされているのみで、差出人の名前はない。

これは、もしかするとラブレターというものかもしれないが──

（だとすると、かなりリスキーだよなぁ……）

ＳＮＳで拡散されたり、廊下の掲示板に貼られたりという可能性を鑑《かんが》みれば、かなりリスキーな行為ではある。もちろんそんなことをするつもりはないが、とりあえず中身は確かめておくことにした。

ハートのシールを剥がし、中から二つ折りになった便箋を取り出す。

するとそこには、

『今日の放課後、部室棟の裏に来てください。』

とあった。

やはり差出人の名前は書かれておらず、どういう意図をもって呼び出そうとしているのかはわからない。差出人は、自分を呼び出して告白でもする気なのだろうか──

『私ね、ずっと前から咲人《さくと》のことが好きだったの……』

中学時代の、草薙柚月《くさなぎゆづき》のか細い声が、耳の奥でした気がした。

(それにしたって急過ぎるな……)

まさに今だろう、『今日の放課後』とは——。

差出人は今、部室棟の裏で待っているのだろうか。光莉と千影という彼女がいる以上、行かないという選択肢もある。

けれど、そうなると差出人は延々と下校時間まで待ち続けるかもしれない。

(悪戯《いたずら》だったらいいんだけど、本気だったら……)

気乗りしない咲人だったが、いろいろ悩んだ末、部室棟の裏へ向かった。

＊＊＊

部室棟の裏までやってくると、果たして、少女の後ろ姿が見えた。

咲人は気を引き締めて、どこかで見覚えのあるツインテールに近づいていく。

咲人の足音に気づいた少女は、恐る恐る後ろを振り向いたのだが——

「高屋敷くん、来てくれてありがとう。五組の東野和香奈《ひがしのわかな》です……」

待っていたのは、光莉《ひかり》を追いかけ回していた少女だった。

驚くと同時に疑問符が浮かぶ。

まったく話したこともない相手だし、彼女から呼び出された理由がわからない。

その和香奈の頬はここに来たときからずっと紅潮したまま。膝と膝を擦るように、不安そうに、もじもじと落ち着かない様子で立っている。

やはり告白か。いや、トイレを我慢しているのか。いやいや、光莉のことで呼び出したのだろうか。いやいやいや、それとも――

考えても仕方がない。

とりあえず出方を窺《うかが》うとして、咲人は薄い笑みを浮かべた。

「……それで、東野さんは俺にどんな用かな？」

「うん……高屋敷くんは、今付き合ってる子、いる？」

「いや――（付き合っている『子たち』ならいる）」

「でも、宇佐見《うさみ》さんたちとは仲が良いよね？」

「まあ──（なにせ付き合っているんだから）」

「宇佐見さんたちのどちらかと付き合いたいと思う？」

「いいや──（どちらとも付き合いたいし、現に付き合っている）」

ほっとしたように和香奈は息を吐いた。

咲人は、なかなか苦しい誤魔化しだなと思いつつ、一方で、胸中は穏やかではない。およそ、彼女に呼び出された意図を察したからだ。

こうして見ると、可愛い人だと思う。

先日会った彩花《あやか》ほどではないが、和香奈も肩幅が狭く、華奢《きゃしゃ》で、恥ずかしがり屋。彼女のどこに光莉を追い回すほどの胆力があるのか、今さらながら不思議に思う。

そんな和香奈は「ふぅ」と大きく息を吐くと、なにかを決心した表情を浮かべる。

「じゃあ問題ないか……」

「問題ないって……？」

「……これからすること──」

和香奈は若干恥ずかしがりながら、そっと首元のリボンに手をかけた。

そこでいったん手が震えて止まったが、恐る恐るリボンを取り、そしてワイシャツのボタンに手をかけた。わずかに間を置いて、一つ目、二つ目とボタンを外していく。

そうして三つ目のボタンが外されると、やけに大人っぽい、黒いレースがあしらわれたピンクのブラジャーが露《あら》わになった。やはり光莉や千影ほど豊かではないが、むしろ小さくて形のいい双丘《そうきゅう》が——うん。

いろいろまとめると、おっぱいである。

「って、いきなりなにしてんだっ……⁉」

と、咲人は慌てて目を逸《そ》らした。

「む、むしろよく今まで黙って見てられたわねっ……⁉」

「すまん！　俺も男子の端くれなんだ！　それはそうと恥ずかしくないのか⁉」

「は、恥ずかしいに決まってるじゃないっ……！」

「じゃあなぜ脱ぐっ⁉」

「こ、これしか方法がないのっ！　大義のためなの——っ！」

おっぱいを見せることにどんな大義があるというのだろうか。

光莉を追い回していたときは、「ちょっとアレな子かな？」と思っていたが、これはガチでヤバい子なのかもしれない。

咲人は困惑しながら後退《あとずさ》りするが、真っ赤な顔の和香奈がどんどん近づいてくる。

するとガシッと左手首を握られ、思っていたよりも強い力でグイッと彼女の胸元へと引き寄せられた。

「さあどうぞ！　お好きにっ……！」

「すまん！　俺は右利《みぎき》きなんだっ！」

「この状況で利き手は関係ないでしょうがっ！」

関係ないこともないが、問題はそこではない。

このことが光莉や千影にバレて、浮気《うわき》だなんだという問題に発展してしまったら、それこそ一大事。いまだに和香奈がどうしてこんな真似《まね》をするのかも理解できなくて怖い。

彼女の言う大義とはいったい――いや、そんなことよりも。

「ストップストップ！　やめよう、こんなことはっ！」

なにがともあれ、咲人は左手を引く。

「そこをなんとか！　お願い！」

と、和香奈も引かない。グイッとまた胸元に手を引き寄せる。

「どうしてそこまでっ⁉　なんのためにっ⁉」

「これも、我ら新聞部のため……！」

「スト――……――ん？　新聞部？」

「こうなったら～……――東野和香奈、出ますっ！」

いつの間に発進準備が完了したのか、和香奈は咲人の手を引き寄せるのをやめ、ズイッと勢いよく前に出た。引っ張ってダメなら押し付けろ。その覚悟の一歩は——

「ごめんっ！」

——届かない。

それどころか、咲人は掴《つか》まれている左手首を返し、和香奈の手首を掴むと、次いで右手をかけ、両手でグイッと彼女の腕ごと地面に向かって押さえつけたのだ。

これは合気道の「小手返し」という技。護身術として習うものでもある。

そうして和香奈の腕を捻《ひね》り上げたまま、咲人は彼女の後ろ側に回った。刑事に追い詰められた犯人が、いよいよ人質をとったときに見せるアレである。

「あいたたたたっ⁉　ちょっとなにすんのっ⁉」

「それはこっちのセリフだ！　——出てこい！　いるんだろっ！」

咲人は和香奈を制圧した状態で周囲に向かって叫んだ。

すると、奥の茂みがカサカサと動き、

「——チッ……あとちょっとだったのに……」

面白くなさそうに出てきたのは、一眼レフカメラを手にした一本括《くく》りの少女。

一年では見ない顔なので、おそらく上級生――新聞部の誰かだろう。

「……あなたは？」

「二年の高坂《こうさか》真鳥《まとり》だよ……」

「真鳥先輩っ……⁉　ごめんなさい、私……」

「いいって。――高屋敷咲人、和香奈を離してやってくれ。その代わりに……私になんでもしていいからっ！」

と、真鳥は悔しそうに奥歯を噛《か》む。

一方の咲人は己の心に素直に従うことにした。

「あなたにはなんの興味もありません！　すみませんがほんと無理です！」

「ひでぇな⁉　私だってそこそこイケてるほうだろうがっ！　謝るなよっ！」

こっぴどく拒否されて真鳥はショックを受ける。

たしかに、イケてなくは……ないないない。

「さあ、そちらのカメラと交換です。地面に置いて下がってください。早く！」

真鳥はまた悔しそうに「くっ」と声を上げる。

やはり、今までの和香奈とのやりとりを撮っていたのだろう。

「チッ……人質を取るとは卑怯《ひきょう》だね……」

「そっちが先に俺をハメようとしたんでしょう？　――さあ、早く！」

そこから膠着《こうちゃく》が続くかと思われたが、

「違うの……真鳥先輩は悪くないの……！」

と、和香奈がさも悲劇のヒロインのように肩を震わせながら言う。

「私が真鳥先輩にあそこから撮るように言ったの……！　ごめんなさい！」

「……仲間を庇《かば》っても無駄だよ？　お涙ちょうだいだとか、俺にはそういうのいっさい通用しないからね？」

「ひえっ⁉　悪役のセリフだっ……⁉」

「で、本当は誰が首謀者なの？」

「真鳥先輩！」

「和香奈っ⁉　おまっ……裏切る気かっ⁉」

第三者から見て、もはやなにが正義でなにが悪かわからない状態に陥った。

やがて真鳥はいよいよ諦めたのか、カメラをぶら下げていた首紐《くびひも》を外す。この必死な表情は、後輩を守りたいという意思の表れだろうか。

「わかった、カメラを渡す……だから、その子を放してやってほしい！　さっきから和香奈のちっぱいが……じゃなかった、おっぱいが丸出しなんだ！　頼む！」

「わかりました。俺もこの不憫《ふびん》なおっぱいが……じゃなくて、この格好の彼女が不憫なので、ここは交換といきましょう」

と、咲人《さくと》も真顔で返す。

「……あんたら、私のおっぱいをディスるなよ。あるよ、それなりにぃー……」

不服そうな和香奈の腕を摑んだまま、咲人は警戒しながら向かう。

真鳥は地面にゆっくりとカメラを置き、三歩、四歩と下がった。

咲人はカメラに近づいていき、和香奈の腕を放すと同時にカメラを拾い上げる。

途端に和香奈は「真鳥先輩！」と言いながら真鳥に駆け寄った。

「それじゃあ、カメラのデータは消させてもらいます」

すると真鳥はニヤリと笑った。

「ひーっかかった、ひーっかかった！　スマホで動画も撮ってたんだよ――――ん！」

と、胸ポケットからスマホを取り出し、勝ち誇ったように笑った。

これにはさすがの咲人もイラッとする。

「さすがです、真鳥先輩……！」

「いやぁ〜、よくやった、和香奈《わかな》！　てことで、学年一位の高屋敷《たかやしき》咲人のスキャンダルゲットーッ！　この動画を拡散されたくなかったら……——あの、なにしてるの？」

咲人は光のない目で地面を見つめ、手にしたカメラを大きく振り上げていた。

「わぁ———っ！　ちょっ、ちょっと待ったぁ———っ！　それめっちゃ高くて、めっちゃバイトして買った私の大事な大事なＫＡＮＯＮちゃんでっ……！」

「……で？　だからなんです？」

「お願いします、壊さないでください！　和香奈のことは好きにしていいんでっ！」

「真鳥先輩⁉　サイテーッ！　——高屋敷くん、好きにするなら真鳥先輩をっ……！」

「先輩を売る気かっ⁉　——高屋敷、和香奈は今が食べごろだぞっ！」

救いようがない。

なんと……なんと醜いのだろうか。

この世の醜悪をかき集めて濃縮還元した百パーセントの人間がこの人たちなのだと咲人は思いつつ、

（なるほど、これが新聞部か……）

と、すべて合点《がてん》がいった。

「じゃ、せーので行くので大事なＫＡＮＯＮちゃんにお別れを。――せーの……」

「お願いだからそれだけはやめてくれぇえええ――――っ！」

校舎裏に断末魔のような真鳥の叫びが響き渡った。

第４話　いろいろピンチ……？

「グスン……グスン……ごめんってさっきから……あっ……！」

薄暗くじめじめとした、物で溢《あふ》れ返る新聞部の部室。

泣きじゃくる高坂真鳥の声に驚きが交じる。

「ここは違うか――」

「ちょっ……そこは大事なところだから触らないでっ……ああんっ⁉」

「なるほど、ここか――で、こうすると――……」

「ひゃっ……ちょっ、やめ、もうやめてっ……！　それ以上はっ！」

「……あの、真鳥先輩でしたっけ？　カメラを弄《いじ》ってるだけなんで、いちいち変な声出すのやめてください……」

と、咲人は呆《あき》れながら真鳥を見た。

咲人は真鳥の目の前で、彼女の大事な大事なＫＡＮＯＮちゃんを弄くり回していた。

「ごめんなさいぃ……そろそろ私のＫＡＮＯＮちゃんを返してくださいぃ～……」

さっきまでの威勢はどこに消えたのか、真鳥は半泣きで懇願する目を向けてくる。

これで副部長というのだから驚きだ。真鳥の隣に黙ったまま座っている和香奈も、先輩の落ちぶれた姿をだいぶ引き気味に見ている。

部室棟の一階の端、西日しか入らないような狭くて薄暗い部室が、さらに暗澹《あんたん》たる空気に包まれていたのは、校舎裏から三人で移動してきて約二十分後のこと。

「にしても、なかなかいいものを持ってますね？」

「だろ？　すごいんだぜ！　私ってばこう見えてクラスの中では——」

「いや、あなたじゃなくてカメラのほうですよ……」

すごいのは、ウフーンとセクシーなポーズのようななにかをしてみせる真鳥ではなく、KANONという人気メーカーのデジタル一眼レフカメラ。小生意気にも『Hugシリーズ』と呼ばれるもので、エントリーモデルながら十万円前後する。

高校生が持ち歩くには、少しだけ背伸びしている感もあるが、あれほど執着しているのだから、なにか金額以上のこだわりがあるのだろう。

「——ふぅ～……これでよし！」

「え？　今なにしたの？」

「リセットしました。メモリーもなにもかも全部。あとで時間と日付を合わせたほうがいいですよ？」

「あんた鬼かっ⁉　PCにまだ移してない写真データもあったのにぃぃー……⁉」

「自業自得《じごうじとく》って言葉、知ってます？　壊されなかっただけマシでしょ……。――はい、返します」

コトンとテーブルの上に置くと、真鳥は奪うように胸元に引き寄せて抱きしめた。

「ううっ……おかえりKANONちゃ～ん……痛かったねぇ～、辛《つら》かったねぇ～……」

「スマホも返します。こっちは――」

「まさかこっちも全リセッ⁉　連絡先とかアプリも入ってるのに……⁉」

青ざめる真鳥を見て、咲人は「はぁ」と息を吐いた。

「……いえ、本体の写真と動画データで、今回の件に関わってそうなものだけです」

「ホッ……なんだ、それだけなら――」

「あとついでに、クラウドに同期していた写真と動画データもです……」

「なぁっ……⁉　フツーそこまでやる⁉」

「やるんですよ、俺は……」

彼女が悔しがる理由は、スマホに記録されていた、咲人と宇佐見《うさみ》姉妹の写真や動画のデータも削除されたからである。

（にしても、よくあそこまで……）

数日間にわたって隠し撮りされていたらしく、三人でいるところが何枚も撮られていた。

腕を組んで歩いたりしているほかは、取り立てて「付き合っている証拠」になり得《え》そうなものはなかったが——それにしても気味が悪い。

あらかた新聞部の目論見《もくろみ》が知れたところで、咲人は半泣きの真鳥《まとり》を見た。

「この鬼ぃ〜……鬼畜ぅ〜……減るもんじゃないし、いいじゃんかぁ〜……」

ああ、ダメだ、この人は救いようがない——そう思いながら東野《ひがしの》和香奈のほうを見た。

「……じゃ、そろそろこんなことをした理由を話してもらっていい？」

「ううぅ……ごめんなさい……」

和香奈は申し訳なさそうに頭を下げた。

「でも、アレしか方法がないと思って……」

「それほど追い詰められていたってこと？　俺は、その『でも』の部分が聞きたいんだ。光莉《ひかり》を追いかけ回してた件もあるし……まさかそっちも真鳥先輩の差し金？」

「違うよっ！　光莉の件は今回の件に関係ないからっ！」

嘘《うそ》を言っているようにも見えない。真鳥も肩をすくめて首を横に振る。

が、今までが今までなので、この二人はイマイチ信用ならない。

「しらばっくれるようなら、ここのＰＣとハードディスクを全部初期化するけど？」

「「なんですとっ⁉」」

「では始めます。みなさんにお別れを言ってください」

と、咲人は無表情でＰＣを操作し始める。

「も、もうやめてっ！　わ、私がなんでもしますから、それだけはっ⁉」

「わ、私もなんでもするからっ！　お願いだからやめてぇえええ――っ！」

慌てた様子で和香奈と真鳥がしがみついてきた。

「ちょっ、二人とも、離してっ！　あとなんで脱ごうとしてるっ⁉」

「私にはこれくらいしかできないので……！」

「ほら、今なら私もついてくるぞっ⁉　どうだっ⁉」

「だから要らん！　あんたらは趣味じゃないって言ってるだろっ⁉」

「「ひどいっ！」」

と、そこで部室の扉がバンと開け放たれ――

「なにを騒いで……って、あれ？　咲人くん？」

「千影《ちかげ》っ⁉」

「なにを……なにをしてるんですかぁ――っ⁉」

驚愕《きょうがく》する千影。さらに、もう一人も遅れてやってくる――

「どうしたのちーちゃん？　咲人《さくと》くんもいるの？」

「光莉まで っ!?」

「――はい？　……なぁに、この状況？　誰か、説明してもらえるかなぁ？」

光莉はニッコリと笑顔を浮かべているが、背後に『ゴゴゴゴ……』と音がしそうなほどに怒っている。

咲人も一度見たことがある、光莉の本気で怒ったときの顔だった。

修羅場とも言えるべきこの状況。さすがに神も憐《あわ》れと感じたのか、そこに一人の天使を遣わせた――

「……え？　なんですか、この人数？　なにを騒いで……ほえええええ――っ!?」

穏やかな天使の表情が、ムンクの『叫び』のようにひしゃげる。

よく見たら、先日光莉に会いに来た「彩花《あやか》先輩」という天使のような少女だった。

当然のことながら、あとからやってきた三人は、この意味不明な状況を見て、驚きと怒りを露《あら》わにする。

どうして女子二人が泣いているのだろうか。そして、彼女たちの着衣が乱れ、必死に咲人にしがみついているのはどうしてなのかと。

咲人はいたく落ち着き払った顔で、冷静に口を開く。

「千影と光莉はどうしてここに？」

「私は監査としてご挨拶に！　そしたら咲人くんがっ……！」

「ちなみに俺は悪くない。──光莉は？」

「うちはちーちゃんに会って、退部するなら挨拶に行こって誘われたんだ。──さっきもらってきたんだ、退部届」

と、光莉はカバンから退部届を出した。

それを見て、たまらずに和香奈《わかな》が「えぇっ」と叫ぶ。

「光莉、退部しちゃうの……⁉」

「だって、もともと幽霊部員だし、いる必要ないかなって思って……」

「そんなっ！　困るよっ！　光莉がいなくなったら……！」

咲人はやれやれと呆れて大きく息を吐く。

「とりあえず、誰でもいいから新聞部の事情から説明してもらえないかな……？」

＊＊＊

いったん落ち着いた部室内には、さらに陰鬱な空気が充満していた。

宇佐見姉妹が咲人の両隣に座ったあと、新聞部三人とテーブルを挟んで三対三で向き合う格好になっているが、これをなんと表現すればいいのか。

たとえるなら——飲食店に彼女と気分良くイチャつきながら行って、店員さんに「満席なので相席なら」と案内されたら、たまたま相席することになった三人組が全員元カノだった——くらいの気まずさである。

咲人の対面に座る天使が重たい口を開いた。

「新聞部部長の上原《うえはら》彩花です……。この度はうちの部員がなにかとんでもないご迷惑をおかけしたようで、本当にすみませんでした……」

彩花は気の毒になるくらいシュンとなった。

「えっと……そっちの二人が俺になにをしたか訊《き》かないんですか？」

「はい……だいたいわかります。一度や二度のことではないので……」

なんだか彩花が不憫《ふびん》に思えてきた。

「それで、話を進めたいんですが、新聞部は今どうなってるんですか？」

「はい……じつは、新聞部はもうオワコン状態なんです——」


——とりあえず、彩花の話をまとめるとこうだ。

四月当初、この新聞部は、今とは違ってまともに活動していたらしい。……今日の活動（？）を見る限り、半ば信じられない話ではあるが。

もともと校内で認知度があるわけでもなく、部員の数も少なく、「新聞部？　そんな部活うちにあったんだ？」くらいの箸にも棒にもかからない部活として、それでも部員たちは楽しく、粛々淡々と励んでいたそうだ。

事情が変わったのはちょうどそのころ。

新聞部と同規模の放送部が、活動の方針を大きく転換したことによる。

放送部は今年度に入ってから積極的に活動の幅を広げ、学校から一人一台配布されるタブレット端末に、いち早く有栖山《ありすやま》学院のお役立ち情報などを流したり、YouTubeを使って学校のPR活動を行ったりなどし始めた。

その内容も面白く、今やYouTubeチャンネル【アリガクＣｈ】は、二ヶ月足らずで収益化も果たすほど、登録者数と再生数を誇るようになった。それだけ学校外からも人気があるらしい。

その活動ぶりは学校全体で認められており、今や放送部は『インフルエンサー部』として、有栖山学院内で重宝されている。

そんな中、新聞部はと言うと——。先輩から受け継いだ伝統を守り、真面目にコツコツと校内新聞を作成していた……らしい。

しかし、いち早く更新される動画コンテンツに比べると、一ヶ月スパンで記事を発行する新聞では、明らかに生徒のウケが違ったようだ。

ちなみに、新聞部に対する巷《ちまた》の声はと言うと——

『……校内新聞？　ああ、読まない読まない。というか、一度も読んだことないわ』

『興味なし』

『【アリガクＣｈ】登録してるから、それで十分かなー』

『というか、ＳＤＧｓ考えたらさぁ、紙資源の無駄じゃない？』

——とのことである。

つまるところ、新聞部は放送部の影で、すっかりオワコン化の一途を辿《たど》っていた——

「──で、クソがっ！　ってなって、五月から新聞部《うち》は暴露系記事で行くという方針転換したんだ……」

　途中から説明に入ってきた真鳥がなにやら薄汚くまとめた。

「いや、大失敗でしょ、その方針転換……。言っとくけど、ここで言うクソはあなたたち新聞部ですよ？　スキャンダルっていうか捏造《ねつぞう》記事を書こうとしていたわけだし……だいたい、なんで俺を狙ったんですか？　こんなモブを狙ったとしても……」

「なんでって、学年一位だから。それにそっちの宇佐見《うさみ》姉妹も学年一位だろ？　プンプンとなーんか臭うんだよねぇ」

　アホだが勘の鋭い人だな、と咲人は思った。

「とりあえず、俺と宇佐見姉妹は仲が良いだけでなんもありませんよ？」

　──彩花が説明を始めたあたりから、咲人はずっとテーブルの下でギュッと両手を宇佐見姉妹に握られているが。

「だから、もう狙わないでくださいね？」

　咲人がだいぶ呆《あき》れながら言うと、真鳥が反駁《はんばく》するように口を開いた。

「それはごめんなさいだけど、だいたい、言論の自由が守られてないのが悪いんだ！　学校側がことごとく私らの新聞を発行させないって言ってくるし、言論弾圧だよ！」

そりゃそうだろ、学校はまっとうだ、と咲人はすっかり呆れた。

真鳥《まとり》はいかにも正論っぽいことを唱えたい様子だが、言論の自由の意味を正しく理解していないのだろう。その前にまず人権という言葉を学ぶべきではなかろうか。スキャンダルを捏造する前に。

それに、怒りの矛先を学校側に向けるのはお門違《かどちが》いだ。

学校側はまっとうな判断をしているだけで、おかしいのは新聞部である。

「で、さっきのアレか……」

つくづく救いようがないなぁ、と咲人は呆れて言葉を失う。

「もうアレしか方法がないと思って……」

「……？　アレとは、なんのことですか？　あと、スキャンダルって言うのは……」

「うちも聞きたいな。アレとかスキャンダルってなんのことかな？」

キョトンとしながら咲人を両側から見る宇佐見姉妹。

「うん、それについてなんだけど……」

しかし、口に出すのはどうしても憚《はばか》られたので、

「……真鳥先輩、説明してください」

と、咲人は主犯に譲った。

「あ、えっと……じつは——」

……

…………

……………………

「なっ……ななななっ……なんですってぇぇぇぇぇ————っ!?」

千影《ちかげ》の怒号が部室の外へ、部室棟の隅々まで鳴り響いた。

驚いた吹奏楽部が指揮者を無視して演奏を止め、書道部は思い切りのよすぎる払いを決めて書を台無しにした。カードバトル同好会の部長にいたっては、誰がどう見ても明らかに間違った手札を出して「ターンエンド！　さあ、君の真の力を俺に見せてくれ！」と決め台詞《ぜりふ》を言ってしまうほどである。

なおも千影はワナワナと肩を震わせ、怒髪天を衝《つ》いて、般若《はんにゃ》のような形相で和香奈と真鳥を睨《にら》む。これにはさすがの新聞部三人も、「ひぃぃーっ!?」と青ざめて抱き合った。

「まあまあ、落ち着いて、千影……」

「これが落ち着いてなどっ……！　咲人《さくと》くんは貞操を狙われてたんですよ⁉」

「え？　いや、そこまではさすがに……」

「しかも、お、お、おぱっ……エチチなやつぅ――――っ！」

「うん、いったん落ち着こうか……。話はまだ途中みたいだし……」

自分のために怒ってくれているのはわかるが、怒りすぎると関係がバレて、新聞部にネタを握られてしまう。

「どんな理由があろうと、今回の件はさすがに看過できません！　監査委員会として橘《たちばな》先生に報告します！　廃部です廃部！　この場で決定！」

今はなにを言っても無駄のようだ。

すると、今回の一件とは関わりのない彩花《あやか》が半泣きで部員二人に言う。

「真鳥ちゃん、和香奈ちゃん、なんてことをしてくれちゃったんですか……！」

なにも知らなかった彩花がショックを受ける気持ちもわかる。

一方で、千影の怒りも至極まっとうで、感情任せに言った廃部という案も正しい。

「ごめんなさい彩花先輩！　私ったら、真鳥先輩にそそのかされて、なんてことを……」

「そうそう、和香奈は私に言われてやっただけだし……つまり悪いのは全部和香奈だ」

「なんでそうなるんですかっ!? 思いついた真鳥先輩でしょ、悪いのはっ!?」

「和香奈《わかな》が途中でヒヨるからだろっ！ ずずっと行っててむにゅっとさせれば……あ、むにゅっとするほど無いか……」

「だからっ！ 私のおっぱいをディスるなぁあああ――っ！」

醜悪な者同士が責任を押しつけあう光景ほど醜悪なものはない。

部長の彩花や、新聞部を廃部にしたくない教師の橘には悪いが、こんな部、早々に廃部にしたほうが学校のためだ。

しかし咲人は、どこか、漠然とした不安を感じていた。

「……それで、もしこの件がきっかけで廃部になったらどうするんですか？」

と、念のため訊いてみる。

すると、和香奈と言い争っていた真鳥が口を開いた。

「その場合は仕方がないから、同好会として新聞倶楽部《くらぶ》をつくるよ。部費は出なくなるけど……やっぱ私たち、新聞が好きだからさ……」

その後のプランはしっかりとあるらしい。好きなら好きでいいのだが――

「で、言論弾圧に負けないように、精一杯ゴシップ記事を書く！」

――ダメだこりゃ。

咲人は、揃《そろ》って呆れた表情を浮かべている双子姉妹に目配せした。

＊＊＊

新聞部の部室から出た咲人と宇佐見姉妹は、三人揃って困った表情を浮かべていた。

「廃部にしましょう」

「その前にうちは退部届を出そうかなー」

双子姉妹はきっぱりと言った。

「待て待て、二人とも……。さっき聞いた通り、懲りる様子もないんだ。新聞部から同好会になったとしても、あのまま放っておいたらマズいことになるよ……」

「咲人くんはなにが引っかかってるんですか？」

咲人は真鳥からカメラとスマホを取り上げた際に見たものを話した。

高屋敷《たかやしき》咲人のスキャンダルには宇佐見姉妹が絡《から》んでいる――そう思わせるような怪しい写真があったことを。

「つまり、あのまま放っておいたら、いずれ俺たちが付き合っていることが暴露されるかもしれない……」

「そうかな？　今回の件で反省して、咲人くんやうちらには近づかないんじゃない？」

「いいや、あの歪《ゆが》んだ情熱を見たよね？　またなんかしでかすと思う、絶対……」

そう思うと、咲人の胸中は穏やかではない。

《三人で付き合っていることは秘密にすること》

すっぱ抜かれれば、今まで通りの学校生活を送ることはできなくなる。全校に広まる前になんとかしておきたいところだ。

それに、千影の件もある。千影本人は、きっと廃部に追い込んだとしても、自分は正しいことをしたと胸を張って言えるだろうが、やはり廃部に関わったのが千影だという噂《うわさ》は出回ってしまうだろう。

「やっぱり学校から永久にＢＡＮ《バン》されちゃえばいいんじゃないかな？」

と、光莉《ひかり》が毒づいた。

「なかなか辛辣だな……。まあ、それが一番いい方法かもしれないけど……」

イタチの最後っ屁《べ》という言葉があるように、追い詰められた新聞部が、最後にドでかいなにかをしでかす可能性も無視できない。

「じゃあ、もううちらが開き直るしかないのかな？」

「いや、俺はべつに人からどう思われても構わないけど、周りにバレて二人が辛《つら》い思いをするのは避けたいんだ」

「「キュン♡」」

「あ、うん……それはたぶんこのタイミングじゃない。あと口に出さない……」

咲人は気を取り直して話を元に戻す。

「とりあえず、もう少し様子を見たほうがいいと思う。廃部にしても効果はなさそうだから、今後のことなんだけど――」

そのとき、ふとあることを思いついて、咲人は光莉と千影の顔を交互に見た。

「千影、監査期間はどれくらい？」

「来週は期末テストですので、再来週の二十日、終業式のあとの会議までです」

「タイムリミットは終業式の放課後までか――」

あいだのテスト期間を挟むと二週間もない。咲人は思考を巡らせ、今回関係する全員にとって、可能な限りの一番良いシナリオを思い描く――

「――よし、じゃあ、やるか……」

と、咲人がポツリと呟《つぶや》いた。

「どうするんですか？」

咲人は人差し指をピンと立てる。

「新聞部を監視しつつ、彼女たちに恩を売ることにしよう」

すると光莉は、なるほどと納得した。

「このままだとスキャンダルを狙われ続けちゃうから、仲良くなっておくんだね？」

「そういうこと。変な気を起こさせないために、外と内からがんじがらめにするんだ。でも、あくまで協力的にしておいて、新聞部の問題を解決していくって感じかな」

今度は千影が「はい」と手を挙げる。

「じゃあ私はどうしたらいいでしょう？」

「千影は今のまま監査の仕事をまっとうしてほしい。むしろ、かなり厳しめにお願い」

「……？　それでいいんですか？」

「問題ない。あとは俺と——嫌かもしれないけど、光莉も協力してくれるかな？」

「うん！　もちろん！　咲人くんと一緒なら嫌じゃないよ」

＊＊＊

千影が監査委員会のほうへ戻ったあと、咲人と光莉の二人は新聞部の部室に戻った。

「あの……千影さん……いえ、千影様は、いったいなんと……？」

恐る恐る訊《たず》ねてきたのは和香奈だった。

「とりあえず、俺から千影には、廃部にするだとか、生徒指導部にチクるのはいったんやめてほしいって頼んでおいた」

「てことは、廃部は無しっ⁉　神っ……！　ありがとう、高屋敷くん……！」

和香奈の顔がパーッと明るくなる。

「いや、待て待て……いったんって言ったのは、このあとが大事だからだよ。即廃部じゃないけど、監査期間は二十日までだから、それまでに新聞部はきちんとした新聞を発行するって条件が課せられたんだ——」

——ということにしておく。

「そ、そっか……はぁ～……」

安堵《あんど》のため息を吐《つ》いた和香奈だが、問題が先延ばしになっただけで、けっして良かったとは言えない状況である。二週間弱の猶予はある。この間に、きちんとした新聞を発行しなければならない。

そうなると、次の問題は人員不足の解消だ。

「彩花先輩、この三人以外の部員は？」

「プラス、光莉ちゃんを入れたら四人ですね……」

「四人か……じゃあ、今月号の新聞の完成度はどれくらいですか？」

「えっと、全体的に二十パーセントくらいです。例年は、夏の大会に向けた運動部の特集記事を組んでたんですけど――」

　と、彩花は和香奈を見る。

「インタビューなら半分くらい。――真鳥《まとり》先輩が写真を撮ってましたよね？」

　すると真鳥は、大事なKANONちゃんを見つめて、寂しそうに笑った。

「さっき消えた。というか、消された……」

　咲人は自分のしたことを思ったが、なんら後悔などない。むしろ「ざまぁ」だ。

「半分くらいはPCに移してるから……でも、それ以外は撮り直しかな〜……」

　真鳥はため息を吐いたが、それは撮り直してもらうよりほかはない。

　すると光莉が「はい」と手を挙げた。

「その消えちゃった写真はカメラ本体に保存してました？　それともSDカードかな？」

「SDだけど、それがなに？」

　光莉はニコっと笑った。

「じゃあ、そのSDカード、うちに貸してください」

「いいけど、どうするの……？」

「完全にできるかはわかりませんが、写真データを復元するので」

「え⁉　そんなことできるの⁉」

「はい！」

あっさりと答える光莉を見て、咲人《さくと》は安心したように息を吐いた。

「そういうわけで、光莉もいったんは退部を取り下げてくれるみたいです」

「うん。うち、和香奈ちゃんにずっとお願いされてたし、さっきちーちゃんとも話して、新聞部の活動をやってみようかなと思って」

「ありがとう、光莉……！」

と、和香奈がまた嬉《うれ》しそうに表情を明るくした。

咲人は、和香奈と同じように喜んでいる先輩二人を見て、そっと口を開く。

「それと、今回は俺も協力します。入部はしませんが」

「え？　でも、いいんですか……？」

「高屋敷は私らのこと怒ってないの？」

咲人は苦笑した。

「そりゃ怒ってますよ？　だからお目付け役です。今日みたいなことを起こされちゃたまったもんじゃないですからね……。ま、乗りかかった船です。できるだけ協力します」

真鳥も苦笑を浮かべ、彩花《あやか》を見た。

最後は部長に判断が託されたようだが、答えは一択しかない――

「……では、高屋敷くん、光莉ちゃん、よろしくお願いします！」


――とりあえず、潜入成功といったところだろうか。

現段階で協力を申し出ることによって、一つ貸しをつくることには成功したようだ。

千影《ちかげ》への口止めもあって、多少は恩を売ることができただろう。

――ただ、問題はここからだ。

内側からは咲人と光莉が睨《にら》みをきかせ、外側からは監査委員の千影が睨みをきかせれば、とんでもない方向に向いていた部の方針を、なんとか軌道修正できるかもしれない。

学校側も、まともな新聞なら発行を許可してくれるだろう。

そうして、きちんと活動費が支給されれば、新聞部はこれ以上スキャンダルを狙うようなことはしてこないだろうし、三人の秘密は守られるはずだ。

そのために、やらなければならないことが山ほどある。

「真鳥先輩、光莉が写真を復元したとして、俺が載るところだった一面はどうなりますか？」

「うぐっ……その言い方……。――ま、夏の大会に向けてって感じで、運動部のインタビューと写真を一面に持ってこられるよ」

「てことは、あとはインタビューの残りと、残った項目を消化するだけですか？」

「まあね。来週からテスト期間に入って部活は制限されちゃうけど、土、日、月曜の海の日の三連休を使えば、なんとかできそう」

「今月の発行はいつですか？」

「終業式の日、二十日だよ。十九日までに印刷が終わっていればいい」

「なるほど……」

タイミングはバッチリだ。

二十日に監査が終わるので、それまできちんと活動している様子を見せ、十九日に出来上がった記事を学校に提出。その後、二十日に発行できれば、監査委員会への報告内容については問題ない。

（新聞さえ発行できれば……ん？）

ふと、咲人は和香奈《わかな》を見た。彼女はなにか、不安そうな表情を浮かべている。

咲人と同じように、和香奈の暗い表情に気づいた光莉が先に口を開いた。

「和香奈ちゃん、どうしたの？　なにか心配事かな？」

和香奈は暗い表情で俯《うつむ》いた。

「私たちが真面目につくった新聞、みんなに読んでもらえるかなって……」


咲人は、あっと思った。

おそらく和香奈だけでなく、新聞部全員が気にしているポイントはそこだ。

せっかくつくった新聞が読まれずに終わってしまうことだろう。

それが悲しくて暴露系のネタに走ろうとしたのだろうが——

「……ううん、やっぱなんでもない。チャンスをもらったんだし、やらなきゃね！」

和香奈は明るく振る舞ったが、そこの重要性に咲人と光莉《ひかり》は気づかされた気がした。

けっきょく、読まれる新聞にしなければ、今回と同じことの繰り返しになってしまうかもしれない。

「そのあたりは光莉、どう思う？」

「見出しや内容、レイアウトの工夫次第でなんとか……とりあえず、今までの新聞のバックナンバーを読んでみたいかな」

「う、うん！」

そのあと和香奈は、バックナンバーが収められたファイルを手当たり次第に持ってきた。

光莉は、そのファイルをパラパラとめくっていく。

「光莉……それ、読んでるの……？」

まるで読んでないことに違和感を覚えたのか、和香奈は恐る恐る訊ねる。

「ううん、視《み》てるの。ちょっと集中したいかなぁ――」

光莉は手を止めず、真剣にファイルをめくり、次のファイルを手に取った。任せても大丈夫ということだろう。

「じゃあ、俺たちもやりましょうか？」

そう言うと、彩花と真鳥がすぐに立ち上がる。

「今から運動部にインタビューに行くなら、私が――」

「カメラが必要なら私もついて行くよ」

先輩二人がやる気を見せると、咲人は屈託のない微笑を向けた。

「今日のところは光莉以外のメンバーで部室の掃除をしましょう。――ここ、空気が悪いんで」

ツイントーーク！②　夢のお部屋……？

新聞部の部室を訪れた日の夜。宇佐見《うさみ》姉妹は一緒に風呂《ふろ》に入っていた。二人の話題はもちろん新聞部のことだったのだが――


「むむむ……」

「どうしたの、ちーちゃん？」

湯船に浸《つ》かっている千影はなぜか眉根を寄せている。

「ちょっと思い出しちゃって……。まさか私たちのスキャンダルが狙われてたなんて！」

「学年トップ三人が仲良しさんだったら仕方ないかも。怪しんでたみたいだけど、付き合ってることはバレてないから大丈夫じゃないかな？」

「それはそうだけど、咲人くんにハニートラップとか卑怯《ひきょう》千万、卑猥《ひわい》最低っ！」

「なははは……最後の四字熟語は初めて聞いたかな？　あと、そんなのに引っかかるような咲人くんじゃないけどね？」

光莉は背中を流し終わった。湯船に一緒に浸かり双子は浴槽で向き合う。

「それで、監査委員会のほうはどう？　あじさい祭りのときみたいになってない？」

「大丈夫。今回は二、三年生の先輩もいるし、人数も多いから」

「無理しちゃダメだよ？　咲人くん、ちーちゃんのことも気にしてるっぽいから」

「わかってるって。今回はきちんとやり遂げます」

やる気を張らせた千影だが、監査の対象は姉の所属している部活。

咲人には厳しく監査してほしいと言われたが、本当に徹底的にやってしまって大丈夫なのかという不安もあった。……千影はやりすぎてしまうこともあるのだ。

「ひーちゃんのほうは？　新聞部はどうなったの？」

「うち以外の三人で掃除とか部室の整理を頑張ってたかな。うちはバックナンバーを過去五年分読んだよ」

「なんで？」

光莉はフフンと笑ってみせた。

「『学ぶ』の語源は『真似《まね》ぶ』だよ？　今までの新聞部がどういう記事を書いていたか参考にしようと思って。咲人くんも三年分くらいは見てたかな？　というか、覚えてた」

「すごいよね〜……一回見ただけで全部覚えちゃうとか……」

「さすがにあれはうちにも真似できないなぁ。すごいよね、咲人くん」

「えへへへ、私の彼氏さんですから！」

「うちの彼氏さんでもあるけどね？」

と、宇佐見姉妹は見つめ合ってニコニコと笑う。

「ところで、咲人くんはなんで掃除を始めたの？」

「うーん……たぶん『割れ窓理論』じゃないかな〜？　環境で心がすさむこともあるからね。それに、なにか作業するなら、スペースが広くとれたほうがいいし」

千影は感心しながら聞いていたが、自分の部屋のことを思い出した。

「ちーちゃんは『夢の部屋』をもうちょっと片付けたほうがいいんじゃないかな？」

「ちょっ……!?　私はきちんとお掃除してるもん！」

「じゃなくて、あの大量のヌイグルミさん」

「可愛《かわい》くて捨てられないのっ！」

情の移りやすい千影は、どうしても物が捨てられないタイプだ。子供のときからのものをずっと大事にとっておくせいか、部屋の中がヌイグルミで溢《あふ》れ返っている。

そんな千影の部屋を、光莉は多少皮肉って『夢の部屋』と呼んでいる。

「咲人くんのお部屋はなんだかすごく綺麗《きれい》そうだよね？」

「うん……。必要最低限のものしか置いてなさそう……」

「どんなお部屋なのかな？」

「叔母さんと暮らしてるならかなりスッキリしてるかも。あと、オシャレでー、咲人くんの香りで満たされててー、そんな素敵なお部屋でー、おうちデートをしてー……」

妄想に浸る千影を、苦笑いで眺めていた光莉だったが、千影と同じくやはり咲人《さくと》の匂いが好きだった。

「じゃ、もう上がろっか？　ちーちゃん？　ちーちゃん……!?　……──妄想しすぎて茹《ゆ》でダコさんみたいになってるよ？　ちーちゃん？　ちーちゃん……!?　……――」

千影がなににのぼせたのかはわからないが、そのあと光莉は千影を介抱した。

「ごめんね、ひーちゃん……うぅぅ……不覚ぅ……」

「あははは……とりあえず休んで」

そんなことを言いつつ、光莉の頭の中には新聞部のことがあった。

(咲人くんが一緒じゃなかったら、うちは……)

きっと新聞部の問題には関わらなかった。

咲人と一緒ならまだ安心だが、あの個性派揃《ぞろ》いの新聞部の面々とうまくやっていく自信はない。だから新聞部と距離をおくことにしたのだが、決めた以上はやるしかないか。

(とりあえず、新聞さえつくっちゃえば、あとは退部でいいよね……──)

第5話　部室でキス……？

新聞部に協力することになった日の夜。

咲人がいつもより遅めに帰宅すると、玄関先に叔母の木瀬崎《きせざき》みつみのパンプスが揃《そろ》えて置いてあった。先に帰宅していたらしい。

玄関先まで夕飯の香りが漂ってきている。今晩は肉料理のようだ。

「ただいま、みつみさん」

「おかえり、咲人」

笑顔のみつみがキッチンから顔を出した。

とても三十半ばには見えない若々しい見た目で、けれどそのハスキーボイスは、落ち着いていて耳心地がいい。本人は「声が可愛くない」と気にしているようだが、咲人は大人っぽくて好きだった。

「今日は遅かったのね？　寄り道？」

「ううん、今日はちょっと部活に。部室の大掃除をしてきたんだ」

みつみは「えっ？」と疑問の表情を浮かべた。

「なにか部活に入ることにしたの？」

「入るというか手伝い。あとで説明するよ——」

そう言って、咲人はそのまま自室に向かった。

部屋着に着替えてから、リビング・ダイニングに戻ると、テーブルにはみつみの用意した料理が並んでいる。普段より豪華に見えるのは気のせいだろうか。

「今日はどうしたの？　なにかのお祝い？」

「ま、いいから座って座って」

なんだか怪しいものを感じながらみつみの対面に座ると、彼女はニコニコと咲人の顔を眺めている。

「それじゃあ、いただきます……」

「はい、召し上がれ」

やはりみつみはいつもより上機嫌だ。

それ自体は良いことなのだが、やはりなにか怪しい。自分は食べずに、咲人が夕飯を食《は》むのを満面の笑みで見つめている。

「……どうしたの？　いつもより機嫌がいいみたいだけど……」

「じゃ、単刀直入に訊《き》くけど……彼女できた？」

なんのことはない。いつかこうなる日が来ると予期していたことだ。とりあえずみつみの出方を知りたい。

咲人は否定も肯定もせず、苦笑いでみつみを見た。

「なんで急にそんなことを？」

「女の勘。身だしなみを整える時間が多くなったし、スマホを見ている時間も増えたわね。そうそう、スマホと言えば、テーブルに裏返しで置くようになったし、トイレに行くときもスマホを持ち込むようになった……だから、一緒に住んでる私になにか言えないことがあるんじゃないかって思ってね」

女の勘と言った割には、浮気《うわき》調査をしているのかと思うぐらい具体的な指摘だ。咲人は同棲《どうせい》中の彼女に浮気を疑われている男の気分になった。

しかし、スマホ一つでそこまでわかるものなのか。今後は気をつけないといけない。

「あと、夏休みに旅行に行くっていう話。急に旅行に行きたいとかどうしちゃったんだろって」

「うん、だから同級生二人と行きたくて……」

「見える、見えるわ〜……咲人の背後、ピンクのオーラの量が増えてるわ〜」

「あ、うん……なんで急にスピリチュアルな能力に目覚めたの……？」

半ば呆《あき》れながら訊くと、みつみは「なんてね」と言って笑った。

「じつは今日、咲人が女の子二人と一緒に帰っているところをたまたま駅前で見たの」

「えっ⁉」

「仲良く腕を組んで駅前のカフェに行ったよね？　若いなぁ～、ウフフ」

とどめを刺された気分だった。

しかし、まだ諦めるのは早い。今の段階では、仲の良い双子姉妹とカフェに寄っただけという言い訳ができる。

それにしても、咲人の顔を見つめるみつみは楽しそうだ。

「すっごく可愛い双子ちゃんたちだったねー？　どっちかが彼女候補？」

「いや、彼女候補ではないよ……」

じつはどちらもすでに彼女なんです——とは言えないが。

「そう？　それはなんだかもったいないオバケが出ちゃいそうな案件ね……」

みつみは考え込むように顎に手を当てる。

とりあえず、双子姉妹に挟まれた甥《おい》っ子といったところで納得してくれたようだ。

「それで、あの双子ちゃんたちは何者なの？」

「宇佐見姉妹って言って、すごく賢い子たちなんだ。性格は違うけど、二人とも優しくて真面目で、頼りになる人たちだよ」

するとみつみはニヤッと笑った。

「あの二人の目は、好きな男の子を見るときの目だったなぁ」

「そ、そうなの……？」

「あらら、鈍感なのはダメだよ？　知ってて知らないフリをするのもね？　まして、双子ちゃんだったら勘違いして名前を間違えたりしたら傷ついちゃうかもしれないし、気をつけて接してあげてね？」

名前を間違えるどころか、告白を返す相手、さらに言うとキスする相手を勘違いしてしまった咲人としては、みつみからの言葉がグサグサと心に刺さる。

咲人は、光莉《ひかり》と千影《ちかげ》の寛容さに感謝しなければならないと思った。

「そのあたりは、まあ、大丈夫……。最初は『いろいろ』勘違いしちゃったけど、もう勘違いなんてしないよ」

聞いてみつみはフフッと笑った。

「それが咲人の良いところ。相手を一緒くたにしないし、ちゃんと一人一人を見て話す。そういうところが、あの双子ちゃんたちから好かれるポイントなのかもね？」

「そうかな？」

「そうよ。——それで、双子ちゃんたちのお名前は？」

「姉のほうが光莉で、妹が千影。同じ一年。二人とも俺とはクラスが違うけど——」

——と、咲人は宇佐見《うさみ》姉妹のことを話しながら、これ以上深掘りされるのは良くない気がしてきた。

みつみは法廷で理路整然と弁論を行う弁護士でもある。迂闊《うかつ》なことを口走れば、そこから真実までたどり着いてしまうかもしれない。こうして話すのもかなり慎重に言葉を選んではいるつもりだが、いつかボロが出てしまいそうだ。

そろそろ話題を変えよう。

「それより、今日はどうしてみつみさんは機嫌がいいの？　料理も豪華だし」

「ようやく引き受けていた案件が終わったの。そのお祝いと、咲人くんに可愛いお友達が二人もできたお祝い」

「あ、ありがとう……」

笑顔のみつみを見ていると、少しだけ心苦しい。

日頃から自分のことを心配してくれるみつみに対し、彼女だと話せないことも、友達だと嘘《うそ》をつくことも。

「そうだ！　光莉ちゃんと千影ちゃんをうちに招待できないかな？」

「え？」

「せっかくだし、会って話してみたいの。ねえ、どうかな？」

と、楽しそうに話すみつみ。

咲人のほうも、双子姉妹をみつみに会わせたい事情があった。

「みつみさん、それについて相談があって……──」

＊＊＊

──約一時間前に遡る。

下校時間が近くなり、ちょうど光莉もバックナンバーを読み終え、咲人たちの掃除が済んだころ、五人で今後の打ち合わせをした際に、高坂真鳥《こうさかまとり》から提案があった──

「──え？　俺が職業インタビュー記事を？」

「そ。せっかく協力してもらえるなら、そこを任せられないかなって思って」

真鳥が言うには、新聞部が発行している『有学新聞《ありがくしんぶん》』には、毎号、職業インタビューという記事があり、部員の保護者や知人にお願いして埋めているのだという。

「いやしかし、大人の知り合いって言われても……」

咲人の母親は忙しく、なかなか時間が取れない。思い当たる人物と言えば──

「あ……みつみさんか……」

「ん？　みつみさんって誰？」

「俺が居候《いそうろう》しているところの人で、俺の叔母です」

「へぇ、なんの仕事をしてるの？」

「弁護士です」

すると真鳥は表情を明るくした。

「じゃあぴったりじゃん！　有栖山学院《うち》から法学部に行く人もいるし、弁護士さんならいい記事を書けるかも！」

と、咲人《さくと》は職業インタビューをすることになった。

が、問題はそのあと。

光莉と部室を離れ、千影と合流してからのことである――

「――へぇ、それじゃあ新聞部はまともに活動をすることになったんですね？」

カフェのテーブル席、正面に座る千影は少しホッとしたように言った。

「まあね……とりあえず、第一段階として、多少なりとも恩を売ることはできたよ。作戦通り、千影は厳しめに監査をして大丈夫だから」

「わかりました！　お任せください！」

千影はやる気を漲《みなぎ》らせると、今度は咲人の隣に座る光莉が口を開いた。

「ところで、職業インタビューの件なんだけど……」

「あ、うん。それがどうしたの？」

「うちが咲人くんの叔母さんにインタビューしたいなぁ」

「………へ？」

ニコニコと笑顔の光莉。やる気があるのは良いことだが――

「急にどうした⁉」

「えへへへ、バックナンバーを読んでたら、インタビュー記事が面白くって」

「あ、うん……。俺が頑張って面白いインタビュー記事を書くよ？」

「あれれ？　うちと叔母さんを会わせたくない理由でもあるのかなぁ？」

「な、ないよ……？　ないけどさぁ……」

身内に引き合わせるのは、なんとなく恥ずかしい。咲人にも照れがある。居候の身の上なのに、女の子を家に連れていくなど許されていいものだろうか。

（でも、みつみさんだしなぁ……）

みつみはきっと許してくれるし、むしろ会いたいとも言ってくれるだろうが、彼女とは告げられない。にもかかわらず、女の子を一人家に招いたら――どうしてもそのあとの面倒臭さを考えてしまう。

「――その話、乗った」

ボソッと聞こえた声に、咲人はビクッと反応した。

「……千影？」

「ズルいです！　ひーちゃんだけ咲人くんの叔母さんに会うなんて！」

「いや、ズルいとかそういう問題でもないし、だいいち俺は許可してないし――」

「ちーちゃんも咲人くんの叔母さんに会いたいよねー？」

「ええ。会って……会って？　はっ……はわわわ――っ⁉」

あ、なんか変なスイッチ入ったな、と咲人は思った。

「もしも咲人くんの叔母さんに会ったら、自然に咲人くんの親御さんにも私の話が届きますよね⁉」

「あ、うん……自然に、じゃなくて、ガッツリ行くと思う……」

「てことはぁ――⁉」

「にしし、ちーちゃんも気づいちゃったね？」

どういうことだろうか。

皆目見当もつかない咲人が首を捻《ひね》っていると、光莉がニコニコと口を開く。

「咲人くん、彼氏さんの親族に会うということがなにを意味しているかわかるかな？」

「……いや、どういう意味？」

光莉が、立てた人差し指をチッチッチッと左右に振った。

「伝言ゲームってやったことあるかな？」

「まあ、小学生のころに……」

「ご親族に会うということは、そのあと咲人くんの親になにかしらのかたちで伝わるってこと。うちらの印象が良くも悪くも伝わる『可変型伝言ゲーム』ってところかな？」

「可変型……？」

たしかに伝言ゲームをやると正確に伝わっていないこともあるが――

（――あ、なるほど。容姿や性格が口述で伝わるとすれば……）

ようやく二人の言いたいことがわかった。

「みつみさんにすごく良い印象を持ってもらえれば、客観的な意見として母さんにさらに良く伝わるのか。親戚同士の信頼もあるし、みつみさんが言うなら間違いないって」

「その通り。逆に悪い印象を叔母さんに与えちゃったら――」

光莉がそこで留《とど》めると、千影は絶望の表情を浮かべた。

「あわわっ、プレッシャーが！　緊張してきたー……！」

「いや、だからまだ招待するとは言ってないー―」

「私の作ったお味噌汁《みそしる》自信ない……。『うっとこの味とちゃいますなぁ。一から修業してきたらええんとちがう？』って言われちゃうかな？」

「あ、うん……どうして味噌汁を作ることになっているか甚《はなは》だ疑問だけど、みつみさんはそこまで味にうるさくないから安心して……あと、なんで京都弁？」

咲人が呆《あき》れながら千影を見ていると、光莉は上目遣いで咲人を見つめた。

「ねえ、そんなにうちとちーちゃんを会わせたくないのかなぁ……？」

「可愛《かわい》く言われてもな～……――」

――いや、しかし。

光莉だけならみつみにあとあと根掘り葉掘り訊《き》かれるだろう。

が、千影も一緒なら、いつも通り、仲が良いだけと誤魔化せるかもしれない。

甥《おい》っ子と仲良しの双子姉妹構造――これさえきちんとしていれば、あとあとの面倒臭さは想像できるが、さすがにみつみも三人で付き合っているとは夢にも思わないだろう。

「……わかった。じゃあ、みつみさんが土曜日に仕事が休みだって言ってたから、その日にどうかな？　予定があるか訊いてみないとわからないけど……」

「うん！　うちは大丈夫！」

すると千影《ちかげ》がスマホを見て慌て始めた。

「あ、あと二日しかない！　どうしよ⁉　美容室の予約してない！　あとネイルと、エステと、バリウムとレントゲンもっ⁉」

「後半に行くにつれて関係ない方向にいってない？　あと、内面的な部分は見られると思うけど、内臓的な部分は見られないから安心して……」

「健康は大事なのです！」

「あ、うん……その通りではあるんだけどね……」

すっかり千影の妄想が暴走し始めていた。

――すると。

ふと、咲人の耳に息がかかり、光莉《ひかり》の声が睦言《むつごと》のように響いた。

「……叔母さんに気に入ってもらえるように頑張るからね」

光莉はクスッと笑って咲人から離れたが、いつも通りのニコニコとした笑顔が浮かんでいる。

余裕そうだな、と咲人は思った。

彼女はいつだってイレギュラーな状況を楽しんでいる。

逆に言えば、それだけ日々を退屈に過ごしているのではないか。もっと刺激的ななにかを求めているのではないかとさえ思ってしまう。

するとテーブルの上に置かれていた咲人の手がギュッと握られた。

「咲人くん、叔母さんに会うときはこうやって手を握っていてください……！　お願いします！　手を離さないでぇ～……」

「あ、うん……それはみつみさんの前じゃ無理かな～……──」

＊　＊　＊

──と、そんなことがあり、咲人は気まずいながらも、みつみに相談を持ちかける。

「相談っていうのは、今度うちに光莉と千影が来たいって言ってて、できたら今週の土曜日に、どうかな？」

「じゃあちょうど良かった！　そうと決まれば気合いを入れてお迎えしないと──」

「あ、でも待って。相談っていうのは新聞部のことなんだ……」

咲人は職業インタビューのことについて説明した。

「──なるほど。じゃあ私が光莉ちゃんの質問に答えていけばいいのね？」

「うん。お願いできる？」

「もちろん。有学のＯＧとして嬉《うれ》しいな」

「……え？　みつみさんって、有学だったっけ？」

「あれ？　前に言ってなかったっけ？　有学出身で、結城《ゆうき》大の法学部卒。それにしても思い出すなぁ～……あのころ、すっごく勉強頑張ってたなぁ」

「母さんから聞いたけど、みつみさん、成績はかなり良かったんでしょ？」

「まあね。でも、万年二位。あの当時好きな人がいてさぁ、その人にはどうしても勝てなかったなぁ～……」

懐《なつ》かしむように言うみつみを見て、彼女も恋をしていたんだなと咲人は微笑《ほほえ》ましく思った。

「でね、その人とは大人になって再会したんだ。お仕事でたまたまね～」

「へぇ、それで、その人は今どこに？　連絡とかは？」

「……執行猶予中。私が弁護を――」

「あ、うん……もうこれ以上は訊かないし、訊きたくない……」

そういう再会もあるらしい。

＊　＊　＊

翌日の放課後は、廊下で光莉と和香奈《わかな》と合流し、三人で新聞部の部室に向かった。

咲人《さくと》が扉を開けると、昨日まで薄暗くじめじめしていた部室が、明るくスッキリとしていた。

先に彩花《あやか》と真鳥《まとり》が待っていた。

「オース、お疲れ～」

「全員揃《そろ》ったので、今日の活動を始めていきましょう。それと、改めて――」

彩花が穏やかな口調で言うと、今度は申し訳無さそうな顔で咲人を見る。

「高屋敷《たかやしき》くん、昨日はすみませんでした……。あのようなことは今後させませんので……」

「いえいえ、もう気にしてません」

「部室を綺麗《きれい》にしてもらい、こうして協力してもらえることも、重ね重ねなんとお礼を言ったらいいか……」

すると彩花は真鳥のほうを向く。

「真鳥ちゃんも、もう人に迷惑をかけちゃダメですよ？　ほら、謝って」

「わかってるってぇ……。昨日はごめんな、高屋敷」

「私も……ごめんなさい」

と、和香奈も頭を下げた。

「謝罪はけっこうですので、とりあえず新聞を完成させましょう。それと……」

咲人は光莉に目配せした。

光莉はカバンからごそごそとＳＤカードを取り出す。

「真鳥先輩、昨日の写真データ、復元できました」

「おおっ、マジかっ⁉　すごっ⁉」

「でも、うちや咲人くんや、うちの妹に関係するデータは削除して復元できないようにしてあります」

「あ、あははは……あんたも高屋敷と同じタイプかぁ～……」

苦笑いの真鳥に対し、光莉はニコニコと表面的な笑顔を向ける。

一段落ついたところで、彩花がニコっと笑みを浮かべてパチンと手を叩《たた》いた。

「はい！　それじゃあ、それぞれ担当を決めて取材に行きましょう」

なんだかアニメや漫画に出てきそうな小学校の先生みたいだな、と咲人は思った。

現実で小学校の先生をやったら、たぶん学級崩壊していそうな気がする。昨日までの新聞部がまさにそうだったので、おそらくその読みで間違いない。

「うし！　じゃあ和香奈、行こっか？」

「はい！　よろしくお願いします、真鳥先輩！」

先に真鳥と和香奈が部室をあとにした。なんだかんだであの二人は仲が良いらしい。

「すみませんが、俺は部室に残ります。まだ片づけ終わってないところもあるし、ひと通り資料の整理をしておきたいんです」

「わかりました。では高屋敷くんには部室の整理をお願いしますね？　――光莉ちゃん、よろしくお願いします」

「はい、よろしくお願いします」

そうして彩花と光莉を見送ったあと、咲人はさっそく部室の整理を始めた。

が、数分もしないうちに光莉が戻ってきた。

「どうしたの？」

「えへへへ～、忘れ物しちゃった――」

と、いきなり光莉が胸に抱きついてきて、

「――っ……⁉　ひか――」

首に腕が回されると、光莉はつま先立ちでキスをしてきた。

あまりに唐突すぎる。驚いたのもあって、咲人は目を見開いたままだった。

そうしてキスが終わると、光莉は静かに力を抜いていき、一歩、二歩と後退した。

「……急にどうしたの？」

「えへへへ、行ってきますのキース！」

と、光莉は満足そうに言って、小走りに部室から出ていった。

「……なんだったんだ、いったい……」

一人残された咲人は、ボーッと光莉が去っていったあとの扉を見つめたが、いかんいかんと思い直し、部室の整理を始める。

ただ、どうしても違和感が拭いきれない。

（光莉はあれだけのために戻ってきたのか……？）

部室という場所でキスをしてみたかったのか、それともほかに理由があるのか。

（俺、光莉の言動に、いちいち理由を求めすぎてるのかな……）

エアコンの効きが悪く、じっとりと汗ばんでいく。

先にエアコンのフィルター掃除をしようと思い立ち、パイプ椅子に乗った。

すると、ちょうど窓の外が見えた。部室棟の表にはグラウンドが広がっている。サッカー部のところに光莉と彩花がいるのが見えた。

そのときなぜか、小柄な彩花よりも、光莉の背中が小さく見えた。

第6話　彼氏さんの家で……？

――来る七月九日土曜日。

十一時ごろ、みつみとリビングで過ごしているとインターホンが鳴った。

咲人が玄関の扉を開けると、宇佐見《うさみ》姉妹が立っていた。――いよいよである。

「や、咲人くん！　今日はよろしくね？」

「こ、こんにちは～……お邪魔しま～す……」

ニコニコ顔の光莉と、若干緊張して表情の硬い千影。

今日の二人の服装は、少し地味というか、清楚《せいそ》な感じが伝わってくる。みつみに会うために、いつもより抑え気味なのだろう。

そこにみつみがやってきた。

「はじめまして、咲人の叔母の木瀬崎《きせざき》みつみです。みつみって呼んでね？」

「は、はじめまして……」

「えっと……こ、ここ、こんにちは……」

双子姉妹は意表を突かれたという顔をしていた。

それもそのはず、みつみは恐ろしいほどに着飾っていたのである。

メイクも髪形もバッチリで、身につけている物は全身ブランド物ばかり。大人の魅力たっぷりなみつみを前に、双子姉妹は驚きを隠せずにいた。

普段のみつみを知っているせいもあってか、咲人はなんだか恥ずかしかった。普段はもっと地味で、機能面を重視しているのに、今日は気合いが入りすぎている。

みつみ曰《いわ》く、インタビューで写真を撮られるし、咲人の叔母として見られても恥ずかしくない格好をしたのだとか。たしかにいつも以上に綺麗ではあるけれど――。

一瞬空気が固まりかけたが、そこで光莉《ひかり》が愛想《あいそ》よく笑った。

「宇佐見光莉です。姉です。こっちは――」

「宇佐見千影《ちかげ》です。妹です……」

千影は緊張が抜けきっていない。

一方の光莉はさすがである。まったく緊張をしていないか、あるいは見せないようにしているのかは測りかねるが、人好きするような笑顔を浮かべていた。

「咲人から噂《うわさ》は聞いてたけど、ほんと二人とも可愛《かわい》いね！　――ねえ、咲人？」

「あははは……たしかにね～……」

咲人は冷や汗ダラダラで、徐々に嫌な予感がしてきたのだった。

＊　＊　＊

玄関先で立ち話もなんだというので、とりあえず二人をリビングに案内した。

三人掛けのソファーに二人を座らせ、いつもならそのあいだに座るはずの咲人は、ダイニングの椅子に座った。

みつみはお茶を用意しながら、キッチンカウンター越しに宇佐見姉妹へ話しかけた。

「咲人ったら普段家で学校の話をしないの。いつもはどんな感じなの？」

ゴクッと生唾を飲んだ千影は、光莉と頷《うなず》き合う。

きっと事前に打ち合わせていて、当たり障《さわ》りのないことを——

「最高にカッコいいです！」

「「……え？」」

みつみと咲人は思わず固まった。

「あ……じゃなくって！　勉強も運動も人よりできるし、今は新聞部の活動を手伝ったりと、そういうところが優しくてカッコいいと言いたかったんです！」

焦《あせ》りながら説明するので、なぜか咲人もハラハラする。

みつみは甥《おい》っ子の評価が高かったのが嬉しかったのか、

「な、なるほどね！　――咲人、良かったね？　カッコいいって言ってもらえてさー」

と、苦笑いを浮かべる咲人に振った。

「あははは……そうかなぁ……」

千影を見ると、真っ赤になって俯《うつむ》いていた。非常にわかりやすいリアクションだが、わかりやすいのは今日は特にダメだ。あまり口を開かないほうがいいかもしれない。

「光莉さんから見た咲人はどう？」

「そうですね……千影の言う通りカッコいいですが、それはきっとみつみさんと一緒に生活をしているからだと思います」

「と言うと？」

「女の子との接し方が丁寧で、一緒にいて居心地がいいんです。だから『私』も千影もついつい甘えてしまいまして……」

さすが上手《うま》いな、と咲人は思った。むしろ、そこまで堂に入った話し方ができるなら、千影のフリをするときはもうちょっとなんとかならないものかとも思う。

「へぇ～、こんな可愛い二人に甘えられるなんて――嬉《うれ》しいね、咲人？」

「あははは……そうだね～……」

また振られて、咲人は苦笑いを浮かべた。

「それで、咲人のタイプはどっちなの？」

「あははは……ええ――っ⁉」

急におかしなことを訊《たず》ねられ、咲人《さくと》は真っ赤になった。

「あ、それ『私』もぜひ訊《き》きたいです。――教えてくれるかな、咲人くん？」

「咲人くんはどっちがタイプですかっ⁉」

おそらく光莉はわざとみつみの問いに乗っかったのだろうが、千影はテーブルから身を乗り出すように訊いてくる。

（千影のこの反応は、バレるバレる……）

咲人はいったん冷静になり、そっと口を開いた。

「みつみさん、そういうのはちょっと答えづらい……」

真面目に返すと、みつみと光莉がクスッと笑った。

「今のは身内ジョーク。咲人の反応を試しただけよ？」

「まさか本気で考えてくれるなんて思わなかった。からかってごめんね、咲人くん」

と、光莉もみつみと同じように可笑《おか》しそうに笑ってみせた。

「え？　ジョークだったんだ……」

咲人だけでなく、千影も羞恥で真っ赤になって俯いた。

それにしても、なんてタチが悪い。いや、いつもならジョークだと気づくかもしれないが、やはり今日は調子が狂う。

「まあでも、だいたいわかった。光莉ちゃんと千影ちゃんは咲人のことが好きなんだ？」

「「っ……⁉」」

やはり、二人を会わせるべきではなかったのだろうかと咲人が思った瞬間、

「ええ、好きです。私も千影も、咲人くんのことを尊敬していますから」

と、さすがは光莉。異性としての「好き」ではなく、人間としての「好き」にシフトさせた。

「へぇ、やっぱり千影ちゃんも好きなの？」

「は、はい！　心から大好きです……！」

千影は素で答えてしまった。せっかく光莉がシフトさせたのに、元に戻そうという気概すら感じられる。

「あ、だから、尊敬しているという意味ですので、勘違いさせたのならごめんなさい！」

「フフッ、そっかー……相当気に入られてるみたいで良かったね、咲人？」

「あはは……そうですねぇ……」

まるで生きた心地がしない。

光莉はうまくやっているが、千影はやはりこういうのには向いていない気がする。

「それで、咲人のどういうところが尊敬できるのかな?」

みつみが訊ねると、千影に考える時間を与えるように、先に光莉が口を開いた。

「私はずっと学校を休みがちだったんですが、咲人くんのおかげで学校に通えるようになりました。なんて言ったらいいのかな……姉妹揃《そろ》って助けてもらってばっかりで、咲人くんは恩人なんです。これからも三人で仲良くしたいです」

すると今度は千影も落ち着きながら口を開く。

「私は中学からずっと咲人くんに憧れていました。勉強もできるし、そのことを鼻にかけないし、このあいだは行事ですごく助けてもらったんです。——困ったときに頼りになって、私はこうして一緒にいられて楽しいんです」

千影がそう言うと、光莉もニコニコと頷く。

今のは、恋人としてか、友人としてか——どちらともとれる二人の言い方には『本当』があって、みつみにはどう伝わったのだろうか。

少なくとも、咲人の顔には笑みが浮かんでいた。

「ありがとう、二人とも。俺は、二人がいるから毎日学校に行くのが楽しいよ。俺のほうがずっと二人に支えてもらってるから、これからも仲良くしてもらえると助かるな」

するとみつみは、なるほど、という感じでクスッと笑った。

「なんだか三人を見ていたら嬉しくなっちゃった。そうだ、千影ちゃんと光莉ちゃんはお昼ご飯はどうするつもりだったの？」

「みつみさんにインタビューをしたら、咲人くんと一緒にどこかで食べようかって話してました。そのあとは期末テスト前なので、一緒に勉強会をしようと話してまして」

と、光莉が即座に返した。

「なら、私が用意するから、インタビューはそのあとにしましょ？　せっかくだし、勉強会なら、うちでやったらいいから、ね？」

と、みつみは嬉しそうに言った。

宇佐見姉妹はすっかり気に入られたようで、とりあえず咲人はひと安心だった。

＊　＊　＊

「まずは、弁護士になろうと思ったきっかけを教えてください」

「そうね。昔観たドラマに影響されて――」

三人で昼食をとったあと、光莉からみつみへのインタビューが始まった。

いつもと違う光莉の口調にも驚かされるが、上手くコミュニケーションを取りつつ、たまに談笑しながら質問をする。

まるでこういうことに慣れている人のようで、咲人は光莉の新たな一面を見たような気がしていた。

ふと思い立って、キッチンへと向かう。

千影が洗い物をすると買って出たので、手持ち無沙汰に手伝うことにしたのだ。

「俺があとでやるって言ったのに」

「気にしないでください。家事は慣れているし、好きですから」

「そっか……でも、俺にも手伝わせてほしいな」

咲人は布巾をとって、千影の隣に立ち、彼女が洗い上げたものを受け取って拭き始めた。

「光莉、別人みたいだ」

「驚きますよね？　大人に対してはいつもあんな感じなんです。それに比べて私は……はぁ～……ダメだなぁ～……」

千影が落ち込んだ表情を見せるので、咲人は「ははっ」と笑って見せた。

「ダメなんかじゃないよ。緊張してたんでしょ？」

「緊張せずに話せるひーちゃんが羨ましくて……」

「そうだね。でも、緊張している千影は、なんか可愛かったよ」

「っ……⁉」

思わずポロッと皿を落としそうになった千影《ちかげ》は、慌てて皿をキャッチした。

「さ、咲人くん……！　今、そういう冗談は……」

「冗談じゃないって。リアクションも大きくて、俺としてはわかりやすくて好きだな？」

「も、もう……そういうのはもっと言ってください！」

「あ、うん……もっとべつの返しがくると俺は思ってたんだけど……」

冗談っぽく、二人でクスッと笑い合っていると「あれあれあれ？」と光莉《ひかり》のわざとらしい声が聞こえた。

「あちら、なんだかイイ雰囲気ですね～」

「うーん……この角度で見ると──……新婚夫婦？」

と、光莉とみつみがニヤついている。千影が真っ赤になるのを見て、クスクスと笑う二人。からかって楽しんでいるようだ。

「私の妹、可愛《かわい》くないですか？」

「ほんと可愛いわね。それに真面目だし、一緒にいたら飽きないかも。それに光莉ちゃんも可愛いわよ」

「え？　本当ですか？　ありがとうございます！」

まるで光莉も大人のような対応だ。

普段の無邪気で子供っぽいところを見せたりする一面は、そちらのほうがわざとなのだろうかと疑ってしまうほどに。

「じゃあ次の質問に移りますね？　みつみさんの所属する弁護士事務所ではどんな相談が多いですか？」

「そうねぇ～……」

みつみは少し考える素振りをした。

「一番多いのは、浮気《うわき》とかの不貞行為、あとは離婚、そういう男女間の相談かな～？」

「「っ……!?」」

咲人と千影と光莉に緊張が走った。

「民事だけだと済まないケースもあるの。最近のケースだと、一人の男性を巡って二人の女性が～――」

「ああっ、もう大丈夫です！　そのあたりは具体的なことは書けませんから！」

と、光莉が慌ててストップをかけた。

やはり心臓に悪いなと思う咲人であった。

＊　＊　＊

光莉のインタビューが終わると、みつみは友達と用事があるとかで出かけることになり、玄関で、咲人たちは見送りすることになった。

「二人に会えてほんと良かった。私は行くけど、何時までいても大丈夫だから。またうちに遊びに来てくれる？」

「「はい！」」

「フフッ、こーんな可愛い子二人に囲まれて、うちの甥《おい》っ子もすみに置けないなぁ」

「うっ……みつみさん！」

クスクスと笑うみつみだが、ふとなにかを思い出したように、光莉を見た。

「光莉ちゃん」

「……？　なんでしょうか？」

光莉は人好きする笑顔を浮かべた。

「……疲れない？」

「え……？」

「今度会うときは、もっと肩の力を抜いていいからね？」

「えっと、どういう意味でしょうか……？」

「感情を表に出せないと、心が疲れちゃうから。無理して私に合わせなくていいよ。咲人《さくと》と普段接するように、もっと気を抜いて大丈夫だからね？　次会うときは、本当のあなたを見せてね」

そう言って、ニコッと笑ったみつみに対し、光莉は狼狽《うろた》えるような表情を見せた。

「あ、あの、みつみさん、うち、騙《だま》すつもりなんかじゃ……」

「ふふっ、わかってる。あなたは咲人とよく似てるから」

「うちが、咲人くんと……？」

「そう。だから我慢しなくていい。もっと素直に自分の感情を出してみて？　──じゃあ咲人、二人をよろしくね？」

そう言い残して、みつみはコツコツとヒールの音を響かせながら行ってしまった。

「……見抜かれちゃったなぁ。まだまだだね、うち……」

光莉はそう言うと、苦笑いを浮かべて俯《うつむ》いた。

咲人は光莉を尻目に、みつみのことを思った。

「弁護士だし、それに、みつみさんは人が好きなんだ。だから、相手のことをじっくり観察もするし、光莉と話していて違和感を覚えたんじゃないかな？」

「うん、そうかも……でも、みつみさんと話せて、ほんと良かった……」

安心したように、そっと呟《つぶや》くように言った光莉を見て、咲人は千影と顔を見合わせた。

千影が微笑を浮かべて頷《うなず》くということは、きっとそういうことだろう。

今のは、光莉の素の気持ちだ。心から安心したのだと思う。

すると光莉は、「うーん」と大きく伸びをした。

「真面目に受け答えしてたから、なんか肩凝っちゃった〜……てなわけで、咲人くん、このあとお部屋でマッサージしてくれる？」

「ああ、もちろんいいけど……」

「それ、ズルッ……咲人くん！　私にも施術してください！」

「あ、うん……千影、俺はそこまで本格的なのはできそうにない……」

と、三人はいつも通りになって、咲人の部屋へ向かった。

＊＊＊

「ここが咲人くんの部屋かぁ〜」

「なんだかイメージ通りです！」

楽しそうにしている双子姉妹を見ながら、まさか自室を見せることになるなんてと咲人は思った。

二人を真ん中のローテーブルのところに座らせると、キョロキョロと見回していた。

「すごく綺麗《きれい》に片づいてるね？　うちらが来ると思って整理したのかな？」

「いや、掃除機をかけたぐらいだよ。必要最低限のものしか置かないようにしてるんだ」

千影は「うっ」と呻《うめ》いた。

「なんかひーちゃんみたいです……」

「ああ、たしかに光莉の部屋に似てるかも」

「ちーちゃんの部屋はヌイグルミさんばっかりだからねー？」

「ひ、ひーちゃん！　それは咲人くんに言わないって約束でしょ⁉」

「え？　なんで？」

と、咲人は首を捻《ひね》った。

「だ、だって……子供っぽいって思われたくないですし……」

カーッと真っ赤になる千影。すると、急に光莉が千影の後ろに回り、後ろからグイッと千影の胸を持ち上げるようにした。

「ちょっ……⁉　ひーちゃん⁉」

「こーんな大きなものをぶら下げといて、子供っぽいなんてことないんじゃないかなあ？」

「今は趣味の話をしてるのっ！」

「ムフー……って、あれ？　また大きくなった？」

「だからやーめーてー……！」

悪ふざけをする光莉に対し、真っ赤になって抵抗をしようとする千影。

そんな彼女たちを直視できない咲人は、

「お茶を淹《い》れてくるので、どうぞごゆっくり……」

と言って、静かに部屋から出た。

双子姉妹と付き合う彼氏としての役得かもしれないが、これはかなり気まずい。

＊＊＊

「ふあぁ～……疲れたぁ～……」

勉強会を二時間ほどしたあと、光莉が大きく伸びをした。

「咲人くん、ベッド借りていい……？」

「いいけど……」

光莉はフラフラとしながら、ベッドに向かうと、枕に顔から突っ込んだ。

「あぁ、咲人くんの匂いがするぅー……」

「光莉、恥ずかしいからやめてくれ……」

「ひーちゃん、そこ代わって！」

「ほら、千影もこう言って……え？」

そんなやりとりをしているうちに、光莉がピクリとも動かなくなった。

「あははは……ひーちゃん、眠っちゃったみたいですね」

「え⁉　早っ⁉」

たしかに光莉から寝息が聞こえてくる。それにしても驚きの早さだった。

「ひーちゃんって、寝るときも早いですが、起きるときも早いんです。昔から睡眠時間、二、三時間くらいなんですよ……」

「ショートスリーパーか……。それでよくあのテンションを維持できるね？」

「天才なので……」

と、千影は苦笑いを浮かべた。今のは、どちらかというと、皮肉というよりも呆《あき》れているといったニュアンスのほうが正しいか。

「光莉《ひかり》はあのまま寝かせとくとして、千影《ちかげ》はどうする？」

「じゃあ、私もちょっと休憩したいです……」

千影が咲人の肩にそっと頭を預けた。フローラルな甘い香りが咲人の鼻孔に届くと、思わずドキッとしてしまう。

「どうしたの、急に……？」

「仕返しです」

「俺、千影になにかしたっけ……？」

思い当たる節がないが、これが仕返しとはどういうことなのか。

「ひーちゃんと、たまにコソコソなにか話してるのは知ってます」

「あ、気づいてたんだ……？」

「気づきますよ。あんな風に見せつけられちゃったら、拗《す》ねちゃいます」

そう言いながら、さらに頭を擦《こす》りつけてくる。要するに、仕返しではなく嫉妬していたと伝えたかったのだろう。

「私だって、もっと咲人くんに構われたいです……」

「ああ、うん……千影がそうしたいなら——」

「そうではなく、咲人くんが私をどうしたいかが知りたいです」

なんだか普段の千影とは違って意地悪だ。……嫌いではないが。

「えっと……俺は、構いたいというか、もっとこうしていたい」

「……具体的には？」

千影はふっと上目遣いで咲人を見た。真剣な表情だった。

「今は、その……光莉がそこにいるから……」

「大丈夫です。ちょっとやそっとのことじゃ、起きませんから——」

まるで、子供を寝かしつけたあとの夫婦のような会話だった。

アナログ時計の針の音と、衣擦《きぬず》れの音と、光莉の寝息が聞こえてくる。ついでに千影の瞬《まばた》きの音や、心臓の音まで聞こえてきそうだが、一瞬の静寂はふいに訪れた。

咲人と千影はキスをした——。

第7話　土壌を整える……？

「ここなら人が来ません。リサーチ済みですので！」

週明けの月曜日の昼、昼食後に千影に連れられてやってきたのは、橘《たちばな》が世話をしているあじさいの花壇の前だった。

「ふふふ……咲人くんがお困りだったのは、安心してイチャつける場所がないとのことでしたよね？」

「あ、うん……そうだけど……」

「そこでこの宇佐見《うさみ》千影、徹底的にリサーチを行いました！　季節、天候に応じて、人がどこに集中するか、なおかつ死角がどこにあるのかを、そりゃもう徹底的に！」

「へ、へぇ～……そうなんだ、すごいね……」

咲人は、ちょっとやりすぎだなぁ～、と内心思いながら光莉と目を合わせたが、彼女はてへへへと苦笑いを浮かべている。

「見てください！」

と、千影はタブレットを出し、敷地内の地図を見せた。ピンクのハートでマッピングされた場所は、もしや――

「そう！　このハート部分が、校内における私たちのオアシス——その名も『ラブラブスポット』！　略して『ラブスポ』です！　ドヤッ！」

「「うぅうぅぅ〜〜〜〜〜ん……——」」

咲人《さくと》と光莉は同時に頭を抱えたが、千影はなにも目に入っていない様子で、ドヤ顔を決め込んでいた。

まあ、たしかに——。

最近は、三人が一緒にいても目立たない場所を校内に探し求めていた。よって、本日のラブスポはここらしい。

咲人と光莉に地図情報が共有されると、二人は呆れた様子で顔を見合わせた。

「と、とりあえず……ここなら安心してイチャつけるってことかな……？」

「いやダメだろ？　橘先生が大事にしてる花壇の前だから、たぶんバチが当たる……」

咲人と光莉は、とりあえず千影に「ありがとう」「うわー、すごーい」といった優しい言葉をかけておいた。

気を取り直して、本日の話を始める。

「昨日の夜なんだけど、みつみさんが旅行先を提案してくれたんだ」

と、咲人は二人に夏休みの旅行について話した。

「まだ行き先が決まってないって相談したら、海と山のちょうどあいだにあるいい別荘を紹介してくれるってさ――」

みつみが以前仕事で知り合った人が別荘を持っていて、いつでも使っていいと言ってくれているらしい。そこは山のふもとの別荘地。海まで歩いて行ける距離だし、山登りにもすぐに行けると言う。

しばらく使っていないそうだが、日程さえ伝えれば、その日に合わせてハウスクリーニングまでしてくれるそうだ。

「――で、これが写真」

咲人が二人に別荘の写真を見せると、二人は「うわぁ」と目を輝かせた。

それもそのはず、リビングは三方ガラス張りで、方や海、方や山が見え、四季を楽しむような設計だ。インテリアにもだいぶ凝っていて、高そうな家具も置いてある。

広い庭はバーベキューコンロとドッグランがある。犬を飼っていたらそこで一緒にボール遊びもできるだろう。ちなみに持ち主は大型犬を二頭飼っているそうだ。

「なにここーっ！　最高だね！」

「ロケーションも完璧ですね！」

「うち、ここがいい！」

「私もここに行きたいです！」

まさに双子姉妹の要望を同時に叶《かな》える立地条件だった。

なによりも、無料で貸してもらえることが学生にとってありがたい。その上、別荘にある物についてはなんでも自由に使って良いとのことだった。

「じゃあここで決定ってことで、みつみさんに話しておくよ」

「あ、うちらと一緒に行くって言ったのかな？」

「ううん、さすがにそれは……男友達二人と一緒に行くって伝えておいた——」

もちろん、嘘《うそ》をついたことに後ろめたさはあった。

けれど、みつみの様子も気になった。旅行の話をするとみつみは急にニヤニヤとしだし、かといって根掘り葉掘りと訊《き》いてこない。もしや誰と行くのかバレているのか？と、かえって咲人はヒヤヒヤしたのだった。

「なんだか、イケナイことをしている気分ですね……」

千影がクスッと笑った。優等生のイケナイ顔というのは、妙にドキッとさせられる。

「まあ、そうかも……」

とりあえず旅行の『海か山か問題』はこれで解決したが、まだ大きな問題がある。

「それじゃあ俺は、橘先生のところに用事があるから行ってくるよ——」

「あ、あのさ、咲人くん……！」

と、光莉に呼び止められた。

「え？　どうしたの？」

「……ううん、いってらっしゃい」

笑顔の光莉に見送られたが、咲人は彼女がなにを言いたかったのか、少し気になった。

＊　＊　＊

橘のところに出向くと、すぐに職員室内の相談スペースに案内された。いつものようにローテーブルを挟んでソファに座ると、さっそく橘が「それで」と口を開く。

「新聞部に協力しているようだな。ありがたいよ」

「まあ、成り行きと言うか、橘先生からの提案もあったので……ただ、あそこまで酷《ひど》いとは思ってませんでしたが」

咲人がギロリと睨《にら》むと、橘は苦笑する。

「けっきょくのところ、先生は、新聞部を俺にどうしてほしかったんですか？」

「ま、君にしてほしかったのは土壌を整えること。つまり、居場所づくりさ」

「俺に、ですか？」

おかしなことを言うものだと思った。

そもそも、学校で自分の居場所など確立したことのない自分に求めることではない。そういうことは、それこそ目立ってもいいリーダータイプが相応《ふさわ》しい。

少なくとも、中学までの自分の経歴を調べたというのなら、そのことを橘が理解していてもおかしくないはずだ。断じて自分の役割ではない。

けれど、橘は微笑を浮かべて頷《うなず》く。

「私はね、部活というものはもう一つの居場所だと捉えている。教室で息が詰まりそうな生徒でも、そこに行けば安心できるという第二の空間さ」

「わからなくはないですが、部活でも息が詰まる人もいますよね？」

「そうきたか。だが教室とは違って、合わなければ辞めることができる。転部先がよければそれでいいし、部活自体が合わなければ帰宅部でもいい」

「帰宅部は部活じゃないですよ……」

橘は「まあね」と言ってクスッと笑った。

「理想を言えば、そこが生徒にとって憩いの場になったり、自身を磨くきっかけになったりしたら良いと思う。上下関係を体験するのも貴重だ。自分とは違う誰かと会い、目的を共有し、一緒に喜んだり、あるいは悲しんだりして、他者との共感性を学ぶうってつけの場所、それが部活動だと私は思っている」

なるほど、と咲人は理解した。

「先生の理想はわかりました。それで、新聞部はどう思われます？」

「部長の上原彩花《うえはらあやか》は優しいけれど気弱でね、個性的な部員たちをまとめるには、今の段階では力不足だ。副部長の高坂真鳥《こうさかまとり》はあのような破天荒な性格だし、一年の東野和香奈《ひがしのわかな》は真面目だが融通がきかない」

咲人は三人の言動を思い浮かべて苦笑する。

「要するに、組織としては脆弱《ぜいじゃく》だ。いつ内部崩壊が起きてもおかしくない」

「それはわかります」

「そこにきて宇佐見光莉《ひかり》だ。彼女は彼女で難儀だよ。なかなか本心は語らないからねぇ」

「はぁ……」

すでに関係性のできている咲人としては、光莉の本心に何度か触れてきたつもりだ。

たしかに、周りにはわかりにくいかもしれない。

けれど、彼女が本心を語らないのは関係性の問題であって、橘の思うような難儀さを感じたことはない。

いつもニコニコとしていて、飄々《ひょうひょう》としていて、自由に、活発に、それでいてたまに落ち込んだり悩んだりするところも見てきたが、一度だって面倒だと思うことはなかった。

スキンシップが多めで、たまに突拍子のない行動をとるところは、たしかに難儀かもしれないが――

「ま、そんな彼女も、すでに君という居場所があるようだがね」

「え……？」

「いや、なんでもない。――話を戻そう。そんな個性的な四人が集まっているが、けっきょく新聞部にはイニシアチブを取れる者がいない。上原彩花には言えないが、まったくと言っていいほどまとまっていないんだ、今の新聞部は」

「つまり、リーダーの育成が必要ってことですか？」

橘は「それもあるが」と言った。

「大事なのは土壌だと言ったな？」

「ええ、まあ……」

「部としての方向性、つまり四人の向かう先が決まっていれば、仲良しこよしで大丈夫だ。これは持論だが、責任者がいないとなにも動かない組織はダメだ。個々の個性、能力に応じて、適材適所、それぞれが向かう方向さえ間違わなければ、物事は動く」

一理あるような気もするが、咲人はまだ納得がいっていない。

「……その方向性を決めるのがリーダーの役割では？」

「ならば、今の新聞部の方向性を決めたのは、どこの誰かね？」

「誰って……あ……」

　咲人はほかでもない自分であると気づいた。

　しかし、リーダシップをとった覚えも、そのつもりもない。

　ただ、横から口出しをしただけだ。

「君のような存在をコンサルタントと呼ぶべきか。おかげで新聞部は良い方向へ進んでいると私は評価している。現に、いきいきとインタビューしている新聞部の生徒たちを見た。本来あるべき姿に戻りつつあるな」

「いや、それは……」

　咲人の目的は、新聞部を立て直すことではなく、三人の秘密を守るため。

　私情で申し訳ないが、新聞部のため、というのはあくまでついでだ。

「どんな理由があろうと、君が新聞部に与えた影響は大きい。土壌は今、君が好きに弄《いじ》れる状態だ。ピンクにも、青にも染められる。であるならば、責任は君にあると思うが、どうかね？」

　咲人はため息を吐《つ》いた。

「……俺はそんな責任なんて負いたくないし、夏休みまでのあいだだけ、あと十日だけ協力するだけです」

「ならば十分だ。心強い言葉が聞けて満足だよ」

と、橘《たちばな》は微笑を浮かべたが、たぶん皮肉だろう。

「俺よりも顧問はどうなってるんですか？　新聞部の顧問、誰でしたっけ？」

「現在産休をとってる吉永《よしなが》先生だ。副顧問は美術部の中村先生だが、美術部で手一杯でね」

「じゃあ橘先生がやったらどうです？」

すると橘はにこりと笑顔になった。

「私も忙しい。そもそも、忘れたのかね、君や宇佐見《うさみ》姉妹が学年一位をとったから、中高連携プロジェクトという仕事が増えたんだ。だから、新聞部の件は君や宇佐見姉妹に託す。あとは頑張りたまえ」

「す、清々《すがすが》しいほどの丸投げですね……逆に嫌いじゃないです、そういうの……」

この人にはきっとなにを言っても無駄なのだろうなと思いつつ、咲人《さくと》は立ち上がった。

「ときに高屋敷《たかやしき》、土壌が整えば居場所ができるということは理解できたか？」

「まあ、半分くらいは……」

「君がやっていることは、宇佐見光莉のためだ」

「え……？」

「宇佐見千影《ちかげ》のためだけではないということさ。そのことを忘れないでくれ」

そう言って、橘はまたふっと声に出ない微笑を浮かべる。

「それで……君は、青とピンク、どちらを選ぶのかね？」

その言葉がなにを意味しているのか――咲人は思いを巡らせたあと、眉根を寄せた。

「……俺が選んでいいんでしょうか？」

橘がなにかを言いかけると、ちょうどそこで予鈴があった。

「おっと、私は授業の準備をしなければ。新聞部のこと、よろしく頼むよ」

「……では、失礼します」

咲人は一礼すると、腑《ふ》に落ちないものを感じながら教室へと戻っていった。

＊＊＊

放課後、新聞部の部室でテスト前最後のミーティングがあった。

「再開は金曜日の放課後です。みなさん、頑張ってくださいね」

部長の彩花が小学校の先生のようなおっとりとした口調で申し伝えて解散した。

——して。

そのあと部室を出たのは、咲人、光莉、和香奈の一年生三人組。二年生の彩花と真鳥は一緒に勉強をするとかで、部室にそのまま残った。

昇降口に三人で向かうと、その途中で和香奈が「はぁ」とため息を漏らしたのだが——

「私、今回の期末もヤバめなんだよね〜……」

「そうなんだね」

「帰って勉強しないと、はぁ〜……」

「そっかー」

と、光莉の反応はどこか素っ気ない。

和香奈は気づいていない様子だが、二人の会話を横から聞いていた咲人は、自分や千影と話すときの光莉とは違うので、違和感を覚えていた。どこか機械的な会話で、和香奈の一方通行で、そこに光莉の感情が介在していないのである。

あくまで光莉は笑顔ではあるが、当たり障《さわ》りなく返していて、どこか、壁のようなものを築き上げている。

「へぇ、意外だな」

咲人は気をきかせて言った。

「東野さんは、勉強できそうなイメージなんだけど」

「なにせギリギリで内部試験に合格したからね、私……」

内部試験というのは中等部から高等部に上がるための内部生向けの試験のことだ。とはいえ、試験内容と日程は、一般受験者と同じ。

つまり、咲人や宇佐見姉妹たちのような外部生とまったく同じ土俵で試験を受け、有栖《ありす》山《やま》学院高等部にギリギリ合格したということだ。

「へぇ、それも意外。東野さんって内部生だったんだ？」

「これでも、幼稚園から順当に上がってきた、れっきとした内部生だよ。ちなみに彩花先輩と真鳥先輩も同じルート」

「その割には、俺たち外部生とこうしてちゃんと話してくれるんだね？」

「当たり前だよ。べつにそこ、差別する必要ないじゃん？　――ま、中にはそういう雰囲気の人もいるしさ、そういう空気感っていうの？　なんか中学からあったけど」

和香奈は若干の嫌悪感を顔に出した。

彼女はそういう空気感とは無縁の人のようで、好感というか、安心感が持てる。

「ただまあ、基本的に有栖山学院《うち》って勉強メインじゃん？　けっきょく、勉強できるかできないかがここじゃすべてじゃん？　そういうので発生しちゃうヒエラルキーとかって、関係ないとこで内部生と外部生の壁をつくってんじゃん？　そういうの、なんかつまんないなーって思うな、私は」

「へぇ、東野さんはそういう風に思ってたのか……。──光莉はどう思う？」

「うちはよく知らないから。ここがどこだとか、そういうのも興味もないし……」

と、光莉は苦笑で返した。

やはり、光莉はどこか他人事《ひとごと》だ。あまり深く和香奈のことを知りたがっていない。あるいは、知っているから距離を置きたいのだろうか。

「でも、そういう空気感っていうのかな……光莉は感じないか？」

六月の実力テストで学年一位になったあとくらいから、和香奈の言う空気感が強くなった気がする。内部生はヒソヒソと話しながら自分たちを見ているし、外部生は外部生で関わりをもつべきかどうかまだ迷っている体で様子を窺《うかが》っている。

おそらく光莉もそのことを感じ取っているのだろうが、

「うちは……よくわからないな、そういうの」

と、お茶を濁す。

咲人は、これ以上この話題は広がらないと思い、話題を変えることにした。

「そういえば、東野《ひがしの》さんはどうして新聞部に入ったの？」

「え？　まあ、じつは中学のときから入りたかったんだよね」

和香奈《わかな》はそう言って、懐《なつ》かしそうに目を細めた。

「中二のとき、高等部から配られた校内新聞を読んだんだ。そのときは全国大会で大きな賞をとったみたいで、こんな新聞がつくりたいって思ったの」

たしかに二年前は『朝田新聞賞受賞』という大きな実績があった。

それだけ盛んだった部活が、今では見る影もなく廃れてしまったのには、それなりの理由というものがあるのだが――

「で、けっきょく一年で入部希望者は私だけ。このままじゃヤバいと思ったから、なんとか一年を入れられないかって頑張ったんだ」

「それでうちだったの？」

「うん。最初のうちはなんとか部員を確保したくて。でも、急に学校を休みがちになるし、いきなり現れたと思ったら学年一位とか……。それで、気になって光莉《ひかり》のことを調べたら、ネットに名前があってすごい賞をたくさんとってたから驚いちゃった」

「デジタルタトゥー……」

光莉が嫌そうに言ったので、咲人は苦笑した。

「輝かしい経歴をそんな風に言わない」

「そうだよ。私は光莉がすごいって思うよ？」

あまり実感がなかったのか、光莉はキョトンとした顔をする。

「うちが、すごい？」

和香奈は迷うことなく「うん」と言った。

「あれだけすごい賞をたくさんとったんだもん。なんか悔しいっていうか、羨ましいっていうか。今はその才能を新聞部で発揮してもらえたら嬉《うれ》しいなって思うよ」

「嬉しい？　なんで？」

「光莉がなにかすごいことをするの、間近で見てみたいから」

それは咲人も同じで、天才と呼ばれる光莉がなにをするのかを見てみたい。

そのことは、プレッシャーになると思ったから今まで一度も口にしてこなかったが、和香奈が気兼ねなしに言うと、光莉もまんざらでもないといった感じで照れている。

「それに、一年生は私たちだけだし、光莉がいてくれると心強いんだ」

「うちは、べつに……というか、誰でもいいからってうちのこと新聞部に誘ったんじゃないの？」

和香奈は「え？」と驚くような顔をした。

「光莉、今までそう思ってたの？」

「うん……違うのかな？」

「私は、光莉と友達になりたいなって思って。同じクラスだし、話しかけやすそうだったし……ぶっちゃけ光莉がすごく眩《まぶ》しくて、魅力的に映ったんだよね」

「うちが……？」

「うん。新聞部に誘ったのは、光莉と一緒に過ごして仲良くなりたくて。じつはすごい人だったんだってことはあとで知ったけどね」

「そうだったんだ……」

和香奈は「なんか恥ずかしいなぁ」と照れながら言ったが、光莉は驚いた顔をしたまま、和香奈の顔をじっと見つめていた。

（なるほど……光莉が天才だから誘ったってわけじゃないんだな……）

和香奈が新聞部に光莉を欲《ほっ》していたのは、もっと純粋な気持ち、仲良くなりたいという想《おも》いだったらしい。どうやら考えすぎていたようだ。

「だからね、光莉がいてくれて助かるよ。先輩たちも言ってたし、ほんとありがとね」

「う、うん……」

光莉は照れ臭いような、それでいて気まずそうな、そういう顔をした。

「あ、そうだ！　ねえ光莉、高屋敷《たかやしき》くん」

「ん？」「なにかな？」

「期末はもう無理そうだけど、今度私に勉強を教えてくれないかな？」

「え？　なんでまた？」

と、咲人《さくと》が訊《たず》ねる。

「私って要領悪いけど、学年トップの二人のやり方を真似《まね》れば、ちょっとはイケるんじゃないかって思って」

そう言って、和香奈は屈託のない笑顔を浮かべた。

もちろんといった感じで、咲人と光莉は笑顔でコクンと頷《うなず》く。

「参考になるかどうかわからないけど……」

「うちらでよかったら……」

和香奈は「よかった」と言って嬉しそうに笑った。

「ちなみに二人はどんな勉強法を実践してるのか教えてもらえる？　参考までに」

と言われましても――そういう顔で咲人と光莉は首を傾《かし》げた。

「俺は教科書を丸暗記。授業内容とか、問題集とかノートも暗記するだけかな。とりあえず暗記だけ。計算とかは応用がきくし」

「うちは、なんていうか直感？　なんか降ってくるというか、そういう感覚かなぁ？」

それぞれの勉強法を伝えると、なぜか和香奈はひどくゲンナリとしていた。

「ごめん、訊《き》いた私が悪かったね……フフッ……」

「「……？」」

和香奈がどうして落ち込んでいるのかわからない二人だったが、光莉が「あ、だったら」となにか思いついたようだ。

「ちーちゃんの勉強法がいいかも」

「ちーちゃんって……まさか宇佐見千影《うさみちかげ》のことっ⁉」

突然和香奈が血相を変えて後退《あとずさ》る。

「いや、それはいい……」

「そう言えば、前から東野さんは千影に対して苦手そうだよね？」

「うん、まあ、なんとなく……」

「どうしてかな？」

「あのツーンって感じの冷たい態度が怖いっていうか……怒らせちゃいけない人なんだな

って思って……」

やはり苦手意識があったようだ。

千影は以前よりマシにはなったが、たしかにまだ一部の生徒からは恐れられているのかもしれない。まして、今は新聞部を監査する立場の生徒指導部のワンワンだし、先日千影が激昂《げきこう》した件もあったので、和香奈はさらに萎縮してしまったのだろう。

「大丈夫だよ。ちーちゃんはああ見えて優しいし、面倒見が良いから」

「姉御って感じ？　――『舐《な》めたらあきまへんでぇ～』みたいな？」

「う、ううん……どっちかって言うと、うちのほうがお姉ちゃんかなぁ……あと、なにそのちーちゃんのイメージ？」

苦笑する光莉だが、和香奈の言わんとしていることはわからなくもない。

最近丸くなったという噂《うわさ》もあるようだが、まだまだ千影には人が避けていってしまう怖さのようなものがある。彼女の凛《りん》とした態度がそう見せているのだろう。

そのうち千影と話す機会があれば、きっと和香奈だって打ち解けられるとは思うが。

そうして三人で昇降口近くまでやってくると、

「私、職員室に質問しに寄ってから帰るね？　じゃあね――」

と、和香奈は笑顔で去っていった。

そのあと咲人と光莉は、昇降口の壁にもたれかかって待っていた千影の側に寄った。

「あれ？　今、東野さんと一緒にいませんでした？」

「職員室に質問しに寄るってさ」

「そうですか。うーん……」

「どうした？」

千影はなにか悩んでいる素振りを見せた。

「私、どうやら東野さんから避けられているみたいなんです……私が生徒指導部の犬だからですかね？　そんなワンワンした覚えは……まあ、初日は吠《ほ》えちゃいましたが、あれは正当な理由があって……──って、どうしたんですか？　ひーちゃん、咲人くん？」

悩んでいる千影を見て、咲人と光莉はついさっき和香奈が話していたことを思い出し、なんだか可笑《おか》しくて笑ってしまった。

けっきょくは、コミュニケーション不足なのかもしれないなと思いながら。

ツイントーーク！③　オトナの会話……？

「旅行楽しみだね、ひーちゃん！」

「うん！　待ち遠しいなぁ」

旅行の行き先が決まった夜、光莉の部屋で、双子は旅行について話していた。

「でも、その前にやらなくちゃいけないことが多すぎだね〜……」

「今週は期末テストで、そのあとは監査……ひーちゃん、新聞部はどうなの？」

「とりあえず順調かな〜……」

「とりあえずって？」

千影が不安そうに訊くと、光莉はなにも言わず微笑《ほほえ》んだ。

「ちーちゃんこそ、監査は大丈夫なの？」

「え？　私？　私は、特には……思ってたよりやることも少ないし」

「なら、今回は安心だね。監査についていろいろ訊きたいところだけど、他の部とフェアじゃなくなっちゃうから、これ以上は訊かないでおくね」

はぐらかされたと千影は思ったが、光莉の思考は相変わらず読めない。ただ「とりあえず」ということは、やはりなにか大変なことでもあるのだろうか。

訊きたいところだが、先に釘《くぎ》を刺された。フェアじゃないから監査のことは訊かないということは、逆に新聞部の内情も訊ねるなということだろう。

いつになったらこの姉に自分は追いつけるのだろうか。

それが日常のことだけでなく、恋人の咲人のことも含めると、千影はなんだか置いていかれているようで不安な気持ちになる。

「ところで、この前の土曜日だけど、咲人くんとなにをコソコソ話してたの？」

「ふっふーん……オ、ト、ナ、の会話かな～♪」

「ちょっ……!?　詳細を詳しく！」

「それ、咲人くんにツッコまれてなかった……？　頭痛が痛いみたいだって……」

光莉《ひかり》は苦笑を浮かべた。

「でもね、ちーちゃんはもっと積極的にならないといけないと思うんだよね」

「ううう……わかってるけど、恥ずかしいもん……」

「だーから大丈夫だって！　ちーちゃんは可愛《かわい》いから～」

「ひーちゃんのほうが可愛いもん！　咲人くんはきっとひーちゃんのほうが……」

最近の千影はなにかあればすぐにこれである。

いい加減、もっと自分に自信を持ったらいいのに、と光莉は苦笑する。

「ちーちゃんのほうがおっぱい大きいし」

「それは可愛さとは関係な……ひゃっ⁉」

「いつの間に姉を超えたのかね？　ほれほれー……」

「ちょっ……！　やめてよ、ひーちゃ……ひゃん⁉」

慌てて胸を押さえながらベッドに横たわる千影だが、光莉の悪戯は止まらない。そのまま上から被《かぶ》さるように乗り、上から千影を見下ろす。

千影は真っ赤な顔で驚きが隠せない。すぐそこに光莉の顔がある。

身を守るように腕で胸を隠していたが、両腕を掴《つか》まれ、バンザイの格好になった。

「ひーちゃん……な、なにを……」

「予行演習。いつ咲人くんにこうされてもいいようにね」

「さ、咲人くんは、こういう強引なことしないし……！」

「わからないよ？　ちーちゃんの魅力にメロメロになって、こういうことされちゃうかも」

「そ、そんなことは……──」

考えられない。しかし考えてしまう。

急に咲人に強引に迫られたら、おそらく自分は拒めないだろう。千影はその場面を想像して、体温が急に上がった気がした。

「――そんなことに、なるかな……？」

「ならないとは言い切れない。だから心の準備はしておいたほうがいいかな？」

「でも、キスだってまだ二回だけだし」

「うちはこないだしたよ～？　新聞部の部室で……」

「っ……!?」

　その瞬間、千影は一気に力を入れた。

　今度は光莉と入れ替わり見下ろすかたちになる。

「それって、ひーちゃんからでしょ!?」

「うん、うちから……だって咲人くん、そういうのは抑えてるっぽいから」

　光莉は挑発的に笑ってみせた。

「それはそうと、この体勢どう？　支配欲求が満たされない？」

「っ……し、支配だなんて私は……」

「受けと攻め、どっちもいけるなんて、やっぱりちーちゃんはエッチだね？」

「っ――――!?　もうっ！　違うからっ！」

　千影はそう言うと、真っ赤になって自分の部屋に戻っていった。

「あちゃ〜……やりすぎちゃったか……」

光莉はてへへと苦笑いを浮かべる。

(それにしても、なんて可愛いんだろ、うちの妹……)

普段は凜とした態度でも、からかえば真っ赤になり、なにかのきっかけで妄想スイッチが入ってしまう。

姉として歪《ゆが》んでいる。それは百も承知で、堅物の千影をもっと可愛くしたい。

咲人《さくと》に迫る千影は、もっと色っぽくて、大胆になるのだろうか。

そのとき咲人は、あの理性の塊のような男の子はどうなってしまうのだろうか。

想像するだけで、いつの間にか息遣いが荒くなっている。

(これじゃあうちもちーちゃんと変わらないね……想像だけで楽しんじゃったらもったいないよ)

持ち前の笑顔に戻ったところで、今度は急に不安がやってきた。

(そう言えば、うち……まだ咲人くんからちゃんと面と向かって好きだって言ってもらってないなぁ……)

第8話　テスト期間中にいろいろ……？

七月十二日火曜日。

洋風ダイニング・カノンにて、明日からの期末テストに向けて、咲人と宇佐見《うさみ》姉妹の三人は学校帰りに勉強会をやっていた。

じっくりとコツコツとやる千影《ちかげ》に対し、光莉はどちらかというと短期集中型だ。一度スイッチが入ると周りの音など気にせずにやるようだが、今はそのモードに入っている。

咲人は光莉の様子を気にしていた。

昨日、橘と相談スペースで話した件がどうしても頭の片隅にあって、一晩経《た》った今でも不意に思い起こされた――


『君がやっていることは、宇佐見光莉のためだ』

『え……？』

『宇佐見千影のためだけではないということさ。そのことを忘れないでくれ』


――光莉のため、千影のためだけではない。

あの言い回しにはなにか意味があると咲人は感じ取っていた。あえて双子のためと言わなかったのは、橘なりの理由があるのだろう。

(でも、肝心なことはなんにもハッキリと話してくれてないんだよな……)

中途半端に解きかけた問題を丸投げされた気分だ。

ヒントは随所に散りばめられていたようだが、集めてまとめるのに時間がかかる。

そもそも、こちらの理解力の問題かもしれないが、橘の独特な言い回しには、自分で考えてみたまえという挑戦と、それに伴うまどろっこしさがあった。

「ふぅ〜……終わった〜……」

と、光莉が大きく伸びをした。

「光莉、わからないところなかった?」

「今のところ大丈夫かな〜」

千影もちょうど集中力が切れたらしく、光莉と同じく伸びをした。

「とりあえず明日の分は終わりました。あとは家でもう一度復習したいですね」

千影は疲れているのに笑顔を浮かべてみせる。

「なにか甘い物でも頼む?」

「そうですね、そうしましょう」

「じゃあうちはこの『アルティメット・カノンちゃん・スペシャル』にしよっかな？」

「私は『カノンちゃん式ノーザンライト・チョコレートパフェ』にします」

ここの店長は美少女でプロレスラーなのだろうか。

以前から咲人はここのデザートのメニューを見ながらそう疑問に感じている。

「じゃあ俺は……新作の『カノンちゃんのスカルクラッシュかき氷・改』にするよ……」

技名を言わなければならないような恥ずかしいメニュー表を置き、咲人はいつも笑顔を浮かべている銀髪の天使のような店員を呼んだ。

＊　＊　＊

注文したものが揃《そろ》ったあと、話題は期末テストのことから新聞部へと移った。

「とりあえず、テスト期間に入っちゃったけど、部の方針は元に戻ったよ。金曜日から活動を再開して、なんとか終業式までに完成させるらしいよ」

「それならひと安心ですね……」

新聞部の報告を聞いて千影は「ふぅ」と息を吐く。

「私もテスト明けに監査に行くので、そこで活動の様子をじっくり見ますね」

「千影、わかってると思うけど……」

「ええ、手を抜くつもりはいっさいありませんのでご安心ください。ただ――」

千影は眉間にしわを寄せながらニコニコ顔の光莉を見ると、頬を紅潮させ、コホンと一つ咳払《せきばら》いをした。

「……咲人くん、ひーちゃんと部室でちゅーしたというのは本当ですか？」

「っ⁉　――光莉、言ったの⁉」

光莉は「それがなにか？」という顔をしているが、相手は生徒指導部の犬である。

「千影、もしかしてこういうのって監査に引っかかる⁉」

「……無きにしも非《あら》ずと言ったところですね。良くて廃部、悪くて廃部です。あわせ技で、こりゃもう廃部しかありませんね」

「そんなっ⁉」

と、咲人はひどく狼狽《うろた》える。

「今さら無しにはできないけど、どうしたらいいの⁉」

「……なら、監査委員であるこの私を、く……口止めしますか？」

千影は高圧的に見せようとして照れが入ってしまい、口元に拳を持ってきてコホンと一つ咳払いをする。

「えっと、口止めって、どうしたらいいの？」

「で、では……このあと私にもちゅーしてください」

「わかった、ちゅーね……って、はぁっ!?」

職権濫用《らんよう》も甚だしい。口止めが「ちゅー」というのも、あまりにもコテコテすぎる、洒《しゃ》落《れ》にならない。

光莉《ひかり》を見るとニヤニヤしていた。やはり光莉の差し金か。

「ちーちゃん、面白いからもっかい言って？」

「こ、このあと私にも……ちゅーしてください……」

「……光莉、なんで二回言わせた？」

「えへへへ～、ちーちゃんのこの照れ顔がたまんなくてー……」

千影はもじもじとしながら上目遣いで咲人を見て、今度は切実な声で言った。

「ちゅーしてくださいっ！　お願いします！」

「千影、いったん声を抑えよっか？　ここ、まだ店内だし……」

「ちゅーをっ！」

「わかった！　わかったから……！　ほら、深呼吸して！」

「ヒッヒッフー……ヒッヒッフー……」

「だからそれラマーズ法だってば！」

千影にも呆《あき》れるが、同時に自分にも呆れてしまう。

押しの弱さで言えば、自分も宇佐見姉妹とそう変わらないのではないか。だから似た者同士、こうして過ごしているのかもしれない。

それにしても、光莉の影響からか、最近の千影はいたく積極的だ。

先日、光莉が側で寝ているというのにこっそりとキスを求めてくるし、そういう歯止めというか、だんだん理性的ではなくなってきている気がする。

光莉の影響が大きいからということもあるだろうが、このまま千影に迫られたらこちらの理性が先に崩壊してしまうだろう。

まるで咲人の胸の内を見透かすように、光莉はにしししと笑った。

「ちーちゃんのキスのお誘いをもちろん断らないよね？」

断らない、ではない。断れないとわかってのこの質問なのだろう。

咲人はやれやれと首の後ろを掻《か》いた。

（光莉はいったいなにを考えているのだろ……）

妹を積極的にしたぶんだけ、姉の立場が弱くなってしまうかもしれないのに。

もちろん、できる限り平等に二人とは付き合っていくつもりではいるが、どうしてそこまで割り切れるのだろうか。

大事な妹だとはいえ、それだとかえって光莉自身は辛《つら》くなったりしないのだろうか。

＊＊＊

結城《ゆうき》桜ノ駅の北口から少し進んだ先に、ちょっとした裏路地がある。細く、人通りもないことから、なかなか人目につきにくい場所だ。

三人は縦に並ぶかたちで、大通り側に光莉、真ん中に千影、奥に咲人という順で立った。

「じゃ、うちがここで見張りをしているから、ブチュッとどうぞー」

品のない言葉に千影は真っ赤になった。

「ひーちゃん……！」

「あははは、ちゅーしたいって言ったのはちーちゃんなんだから、ほら早く」

光莉に促され、千影は咲人のほうを向いた。

視線をキョロキョロと左右に動かし、なかなか落ち着かない様子でいる。やりたいことができることとは違うように、さっきまでの積極性は失われ、自信がなさそうに見える。

場所が悪いのかもしれない。

人通りが少ないとは言え、向こう側には人通りの多い道がある。誰かがこの裏路地に入ってくるのではないかという緊張感が、千影の顔を赤くしていた。

それは咲人《さくと》も同じ。しかも今日は光莉が寝ているわけではない。背を向けて大通りを見ている。そう思うと、この状況はひどく気まずい。

まさか、勉強会の帰りにこんなことになろうとは——。

「そ、それじゃあ……」

「うん……」

互いに半歩前に進むと、千影の手が咲人の両腕を優しく摑《つか》んだ。

「そこにひーちゃんがいるとか、誰かに見られてると思うと、ドキドキしちゃいます……」

千影はまるでイケナイことをしているかのように言う。

できればそれは聞きたくなかった。おかげでこちらまでカッと熱くなってしまう。

「でも、これはこれでなんと言いますか……」

「あ、いや……もうなにも言わなくていいよ」

千影は明らかに興奮していた。いつも以上に息遣いが荒い。雰囲気にあてられて、咲人もいつもより胸が大きく高鳴っている。

「じゃあ……」

「はい——」

と、静かに目を瞑《つぶ》り、千影《ちかげ》は唇を差し出してくる。

ほんの一瞬、咲人の目に光莉の背中が映った。

同意の上とはいえ、光莉は今どんな気持ちでいるのだろうか。

いや——今は千影に集中したい。

そうでなければ、せっかく勇気を出した千影に失礼だ。いや、なんで自分は上から目線になっているのだろう。自分だって、ひどく緊張して、立っているのもやっとなのに——。

そうして、千影の柔らかな唇にそっと唇を押し当てると、

「——ん……」

千影から声が漏れた。

光莉に届いてはいないかと若干そちらを気にしつつも、光莉に振り向く気配はない。

あるいは、聞こえていて聞こえないふりをしているのだろうか。

(これは、相当ヤバい……)

自分でもひどく興奮しているのがわかる。

千影は背中側に立っている姉を意識してか、前回よりも強く唇を押し当ててきた。まるで、姉を超えたい、見せつけたいと言っているように——。

そんな時間がどれくらい続いたのだろうか。

ようやく唇が離れると、どことなく互いに目を合わせるのが気恥ずかしくて、額と額を合わせるように、二人は互いの胸のあたりを見た。

「あ、ありがとう、ございました……」

「こ、こちらこそ……」

感謝を伝え合うのも、なんだかぎこちなくて滑稽な気もする。だが、それ以外に思い当たる言葉がない。

「これで、新聞部の、俺と光莉の件はナシってことで……」

「それは……もうちょっと口止めが必要ですね」

「ちょ……!?」

「クスッ……冗談です♪」

照れながら、悪戯《いたずら》っぽく笑う千影がどうしようもなく可愛《かわい》いと咲人は感じてしまった。

このままだと、本当に自分の理性はいずれどうにかなってしまうだろう。

千影は満足そうに振り返ると、すぐさま光莉のもとに駆け寄る。

「なーんか長かったね？　ちーちゃん、顔真っ赤っ赤だよ？」

「それは、だから、どうしてもこうなっちゃうよ……なんかフラフラする〜……」

そんなことを双子姉妹が話しているあいだ、咲人は千影とのキスの余韻に浸りながらボーッと突っ立っていたのだが――

「じゃあ、今度はひーちゃんの番！　私だけだとズルいから……」

「え？　うちも？　うちはいいよ……うちはこのあいだ新聞部の部室で……」

光莉の背を千影がポンと押した。

「いいから行ってきて。ほら、見張り交代！」

「え？　あ、うん……――」

光莉は若干戸惑いながら咲人の目の前にやってきて、

「あ、あはははは……なんか、押し出されちゃった……」

と、申し訳無さそうに頭に手を当てた。

「でも、今日はさすがにキスをしないよ？　……せっかくのちーちゃんのちゅーを上書きしたくないから」

「そっか……」

さすがにこれ以上は心臓が保たないと思っていて、いったんはほっとしたが、光莉は本当にそれでいいのかと咲人は思った。

ビルの影の影響か、光莉の顔がどことなく寂しく見えたからだろう。

「てことで、代わりにハグ～！」

と、抱きついてくる。こういう無邪気なところは光莉らしいと言えばらしいが——

「……これくらいならいいかな？」

声に寂しさが混じっている。

「あの、光莉がしたいなら……」

「……ううん、これでもお姉ちゃんだもん。ちょっとは我慢強いところも見せておかなきゃだからね……」

ところが、光莉の腕にどんどん力がこもっていき——

「咲人……」

急な名前呼びに、咲人はひどく驚いた。

不意打ちのように胸に刺さると、心臓を鷲摑《わしづか》みにされたようになった。

みつみとも、母とも、幼馴染《おさななじみ》の草薙柚月《くさなぎゆづき》とも違う。恋人の、光莉からの名前呼び。

くすぐったくて、甘えてくるような——それでいて、行かないでと親を追う幼子のような、どうしようもなく切なくなる光莉の声が、咲人の中に広がっていく。

どうしてこれほどまでに、深く、強く刺さったのだろう。たぶんこの名前呼びには、光《ひか》

莉《り》なりの特別な意味があるのだろう。

「光莉……」

たまらずに、光莉を強く抱きしめる。そうして、このまま光莉の内側に入りたいと思った。自分も、彼女の名前を特別だと感じてもらいたいと思った。

「咲人……咲人……――」

吐息のように漏れる自分の名前。

このハグと名前呼びには、彼女からのメッセージが多く込められている。

光莉は多くを語らない。

ニコニコとたくさん喋《しゃべ》っているようでいて、本当はその言葉の陰に、その笑顔の裏側に、一番大事な本音を隠しているのだと咲人は思った。

＊　＊　＊

「――解答用紙を回収する。裏返して前へ――」

問題を解き終わってぼんやりとしていたら、チャイムが鳴っていたようだ。

どうにも集中できなかった。昨日の裏路地での行為が忘れられないからだろう。

下校の準備をして教室を出ると、ちょうど千影と出くわした。

顔を合わせるなり、千影はいきなり顔を赤くし、もじもじと落ち着かなくなる。

「テスト、どうでした……？」

「今回は、自信ない……」

「私もです。なんだかボーッとしちゃって……」

「昨日のこと？」

「はい……昨日のことが、どうしても頭から離れなくて……」

そこで会話が途切れると、なんだか気まずい空気が流れる。千影はパタパタと手団扇《てうちわ》を始め、咲人はじっとりと汗が滲《にじ》んでいる首を撫《な》でた。

するとそこに、ひときわ明るい笑顔を放ちながら光莉がやってきた。

「おっつー、二人とも！　——あれれ～？　なんかイイ雰囲気だね？」

「ひーちゃんっ……！」

「なーんて。——じゃ、みんなで帰ろっか？　今日もカノンに行くのかな？」

昨日のことはまるでなかったように、光莉はニコニコと笑顔を浮かべている。

(気にし過ぎか……いや……)

咲人は、光莉に似せて笑顔をつくった。

「じゃあ帰りにカノンに寄ろうか。お腹《なか》も減ったし」

「だね！　咲人は今日なに食べるー？」

するとと千影が「あれ？」と気づく。

「ひーちゃん!?　いつから咲人くんを呼び捨てに!?」

「えへへへ～……ちーちゃんも呼び捨てにしてみたら？」

「俺はべつに構わないけど」

「わ、わわわ、私ごときが!?　それは無理だよっ！　せめて『アナタ』なら……！」

「あ、うん……それ、どっちのアナタ……？」

けっきょくいつも通りの感じになった。ただ――

――やはり光莉は、心の内側を、本当の気持ちを、この笑顔で覆い隠しているのかもしれない。

第9話　天使のいるお店……？

テスト二日目の午後、二時過ぎ。咲人《さくと》は久しぶりに一人で帰っていた。

部活の再開は明日だが、新聞部の用事で放課後にバタバタしたのもあって、宇佐見《うさみ》姉妹を先に帰らせたのである。

やらなければならないこと、考えなければいけないことがたくさんある。それらのことを思い浮かべると、今は情報過多気味で、少し一人になりたいのもあった。

そうして、頭の中を整理するために、少し寄り道をすることにした。

（そう言えば、最近できたんだよな……）

咲人の目線の先にはまだオープンしたての個人店のカフェがあった。

名前は『Ange《アンジュ》』——咲人の頭には「天使」という意味のフランス語だと記憶されている。

最近はずっと洋風ダイニング・カノンに通っていたので、たまにはべつのところに入ってみるのも有りか。いい雰囲気だったら、今度宇佐見姉妹を連れてこよう。

そんなことを思いつつ、咲人は店の扉を開けて中に入った。

落ち着いた雰囲気の店内は、平日の昼下がりだからか、あまり混雑していなかった。ゆったりとしたBGMが流れる中、静かに談笑する女性の声が聞こえてくる。

なかなか雰囲気の良い店だ。これは当たりかもしれない。

奥から「空いているお席にどうぞ～」と甲高い声がしたので、咲人は奥のテーブル席へ行った。

真新しいソファはオシャレで快適。メニューも豊富で良い感じだ。

ここに二人を連れてきたら、きっと喜ぶだろうと思いながら店員さんを呼ぶと――

「ご注文はお決まりに……咲人⁉」

と、急に驚かれた。甲高い声が急にくぐもったので、咲人も驚いてそちらを見る。すると――

「っ……⁉　柚月《ゆづき》っ⁉」

まさかの、咲人の幼馴染の草薙《くさなぎ》柚月だった。

急な再会に驚きを隠せないといった感じで、柚月は真っ赤な顔をオーダー表で隠した。

顔から下は、バストが突き出る形の胸当てがないエプロンドレスに、ミニスカートの制服。非常に可愛らしい。ここの店長かオーナーの趣味が窺《うかが》えるが、今はそれどころではない。

「えっと……ここでバイトしてるの？」

「う、うん……」

柚月はドギマギとして落ち着かない。

よほどこの格好を見られたくないのか、恥ずかしそうにしている。咲人は、あまりじろじろ見ないようにして、メニューに視線を戻し、

「じゃあ、アイスコーヒーとシフォンケーキで……」

と、早口で注文した。

「……か、かしこまりました……」

少し慌てた様子で柚月は奥へと向かう。その様子を横目に見ていた咲人は、柚月が見えなくなったところで大きなため息を吐《つ》いた。

（ここは外れだな……）

＊　＊　＊

「——お待たせしました、アイスコーヒーとシフォンケーキです……」

「どうも……」

さっきの甲高い声はどこに消えたのやら、トレイを持ってやってきた柚月の顔と声は、咲人の知っている彼女に戻っていた。

が、無表情に近いというか、なんだか不機嫌にも見える。

柚月は商品をテーブルの上に置くと、どういうわけか咲人の正面に座った。

「…………」

「…………なに？」

「休憩もらったから」

「あ、そう……」

咲人は「うぅ——ん」と声に出したくなるほど頭が痛くなった。

（休憩で、なぜ俺の前の席に座る……？）

改めて見ると、非常に可愛《かわい》い制服だ。柚月がそれを着るとさらに可愛く見える。幼馴染の贔屓目《ひいきめ》に見ずとも、柚月は非常に優れた容姿の持ち主だ。

さっきの甲高い営業ボイスは、咲人も初めて聞いたのだが、声もやはり可愛くて、彼女目当てにやってくるリピーターもこれから増えていきそうだなと思う——と、咲人はいちおう頭の中だけで褒めておいた。

にもかかわらず、どこか面白くなさそうに頰杖《ほおづえ》をついて、窓の外を眺めている彼女が正面に座っている。休憩中とはいえ、である。

「なんでここで休憩するの……？」

「ここ、個人店だし、店長さんに中学時代の同級生が来たって言ったら、話してきたらいいよって言われたし」

「あ、そう……」

話すことも特にないのだが。

「向こうも空いてるよ？」

「私がいたら迷惑？」

「うん、すごく困る」

「ひどい……宇佐見さんたちに、咲人に冷たくされたってＬＩＭＥしておこっと……」

と、柚月はスマホを弄《いじ》り始める。

「あ、どうぞどうぞ、ご勝手に……」

たぶん、あの二人は喜ぶか反応なしかのどちらかだろうと咲人は思った。

ＬＩＭＥを送りつけようとしていた柚月の手が止まる。

「……なに、その余裕ぶり？」

「べつにそんなことはないけど、ここにいられると迷惑だなって思っただけ……」

「昔はそんなこと言わなかったのに……」

「ま、昔とは違うからね……」

柚月はまた面白くなさそうに、頬杖をついて窓の外を見た。

――少し、柚月のことは気にはなっていた。

柚月からの謝罪はもう済んでいたし、互いにべつべつの高校に通っているが、咲人からしてみれば大事な幼馴染《おさななじみ》であることには変わりない。

ただ、特に連絡し合うような関係でもない。どちらかと言えば、先月の「あじさい祭り」ですっかり縁が切れたと思っていた。

あじさい祭りと言えば――同じ結城《ゆうき》学園に進学した松風隼《まつかぜしゅん》とは、相変わらず仲が良かったみたいだ。

あのとき柚月は気弱な感じで隼に合わせていた。彼に気に入られるためだろうか。

が、今ここに隼がいないためか、今の柚月の態度は、少しだけ素のように見える。

話題があまりなかったので、咲人はそれとなく、

「そう言えば松風は？」

と、ここにいない彼のことを訊《たず》ねた。

「隼くん？　……気になるの？」

「いや、ぜんぜん。あのあとどうしてるのかなって思っただけ」

「あ、そう……べつに、ちょっと口数が減ったくらいかな？」

「ふぅん……そっか」

咲人は微笑を浮かべてアイスコーヒーを口に含んだ。

「なんかさ、咲人、変わったよね？」

「……ん？　そうかな？」

「女にルーズになった気がする」

「なんでだよ？」

「なんとなく……そっちの学校で充実してるんだなって思って」

咲人は肯定も否定もせず、ただ柚月の言葉の裏にあるものを感じ取った。

「……で、そっちの学校はどんな感じ？　このあいだは詳しく聞けなかったからさ」

以前、柚月は「それなりに」と言っていたが――

「ぶっちゃけ、今はあんまり楽しくはないかな……」

と、表情を曇らせる。

「グループって微妙な上下関係があるじゃん？　だから、いろいろ合わせたりするの、大変なんだ。今日も勉強会誘われたんだけど、バイトが入ってたし、行けなくてちょっとホッとしてる」

　柚月の悩みは周囲との人間関係のようだ。

　しかし、微妙な上下関係というのは、正直なところよくわからない。仲間内の、小さなマウントの取り合いということなのだろうか。

「そっか、苦労してるんだ？　仲間がいて……」

「でも、気が楽と言えば楽なんだけど」

「どうして？　今は悩みのタネなんでしょ？」

「今はそうだけど……でも、困ったときとかに相談できるじゃん？　遊びに行ったりするのも楽しいし。面倒なときはあるけど、それが全部ってわけじゃないから」

「ふぅん……」

　話を聞きながら、柚月の話を新聞部に置き換えてみた。

　もしかすると新聞部もそんな感じなのかもしれない。多少のわずらわしさはあっても、あの人たちは一緒にいて気が楽なのかもしれないと。

「居場所ってやつか……」

「居場所？」

「ああ、いや……こっちの話。じつは今、部員とかじゃないんだけど新聞部に協力していてさ、なんか似てるなって思って」

「新聞部？　咲人《さくと》が、なんで？」

咲人は新聞部に協力しているあらましを話した。

宇佐見《うさみ》姉妹のためとは言わず、生徒指導の先生から頼まれたことなどを——

「——おかしいだろ？　今までボッチだった俺に、土壌をつくれって言うんだ。ほら、あじさい祭りのときにいた橘《たちばな》先生だよ」

「それは……咲人が賢いから？」

「いや、単に仕事を押しつけたかったみたいだけど……」

柚月はふと微笑を浮かべた。

「口実じゃん。咲人ならどうにかしてくれるって、信じたんだね、その先生」

柚月はニコっと笑顔を浮かべる。

「運動も、勉強も、昔から一人でなんでもできちゃう咲人だから」

「……俺、料理はそんなにできないよ？　というか、家事全般イマイチで……」

「そういうことじゃなくて」

冗談を言ったつもりはなかったが、柚月は可笑《おか》しそうに笑ってみせた。

「一人でなんでもできちゃうから、もっと、答えのない難しいことに挑戦してみなさいって言ってくれてるんじゃない？」

「だったら最初からそう言ってくれれば、丁重に断るのに……」

「そこ、断っちゃうんだ？」

「まあね。──でも、なるほど、そうか……」

断られないように仕向けたんだな、と思った。

ただ、託されたというか、丸投げされた新聞部の件はまだ終わっていない。

光莉《ひかり》と千影《ちかげ》のため、三人の今後のために新聞部をなんとかしなければならないのだ。

すでに筋書きはできているし、今日は大事な布石を打ってきた。あとは、明日からまた新聞部の活動に協力して、終業式を迎えるだけ。

そしてもう一つ、大事な問題があるのだが──

「せっかくだし、柚月に訊いてみたいことがあるんだ」

「なに？」

「いつも笑顔でいる女の子ってどう思う？」

「……光莉ちゃんのこと？」

「……よくわかったね？」

咲人は苦笑いを浮かべた。

「光莉ちゃんか……中学のときの咲人みたい」

「……と言うと、どういうこと？」

先日みつみにも言われたが、柚月もどこかでそう感じていたようだ。

「あまり他人を踏み込ませないというか、そういうところ」

「ふぅん……」

そんなつもりはなかったが、柚月はそう感じていたらしい。

「あじさい祭りのときにちょっとだけ喋《しゃべ》ったんだ。隼くんに突っかかるから怖い子かなって思ったら、すごく喋りやすかったし、気遣いも上手だったよ。あと、可愛かったし、頭も切れるし、可愛かったし……」

「あ、うん……なんで可愛いって二回言ったの？」

柚月は咲人の疑問を無視して「でもね」と続ける。

「咲人と違うのは……表情かな」

「表情？」

「言い方は難しいんだけど、私に向けていた笑顔は壁みたいで、本心からの笑顔じゃなかった……咲人は無表情で人を避けてたけど、光莉ちゃんは笑顔で距離を置く感じ」

それは咲人も感じていたこと。

言葉と笑顔の壁で本音を隠す――先日の裏路地での一件でよりそう思うようになった。

「それと、喋りやすかったんだけど、光莉ちゃんはほとんど自分のことを話さないんだ。私に喋らせる感じで。よくよく考えてみたら、光莉ちゃんのこと、なにも知らなくて。笑顔で喋ったっていう印象しか残らなかったかな……」

それもなんとなくわかる。光莉が新聞部に向ける笑顔がそうだ。

光莉がみつみにインタビューをするときにも感じた。雰囲気良く話している風で、じつはみつみに気持ちよく喋らせることに終始専念していた。

あれがみつみではなかったら――おそらく、話していて気持ちのいい子、笑顔の素敵な子、という印象しか残らなかっただろう。

けっきょく、みつみは光莉の正体に気づいていたようだが――

「なんで笑顔が壁みたいって思ったの？」

「私や隼くんと話すときと、咲人や千影ちゃんと話すときと、ぜんぜん態度が違って見えたから……。咲人たちに対しては、なんて言うか……もっと自然な感じだった。私たちに対しては、社交的な笑い方って感じ」

「そうか……」

社交的な笑顔と、本心からの笑顔――その公私の笑顔の使い分けは、たぶん光莉に関わっている者ではないとわからないレベルだ。

そこでようやく、橘の言葉の真意が見えてきた――

『そこにきて、宇佐見光莉だ。彼女は彼女で難儀だよ。なかなか本心は語らないからねえ』

――そうか。

適当に受け流したけれど、橘先生は最初から光莉の正体を見抜いていたんだな。

『ときに高屋敷《たかやしき》、土壌が整えば居場所ができるということは理解できたか？』

土壌というのは、居場所というのは、光莉にとっての居場所のことか。

俺や千影がいなくてもいい、もう一つの安心できる場所のこと。だから――

『宇佐見千影のためだけではないということさ。そのことを忘れないでくれ』

あれは頼まれたのではなく、注意されたんだ。

もっと、宇佐見光莉のために、やるべきことがあるんだと――

「――咲人？　怖い顔して、どうしたの？」

「あ、いや……ありがとう柚月《ゆづき》。とても参考になったよ」

と、咲人は苦笑いを浮かべながら、ソファの背もたれに背を預けた。

「けっきょく、あの人の手の平の上か……」

「なんの話？　あの人って？」

「いや、なんでもない。でも、おかげでなんかスッキリした――……」

するとと柚月は面白くなさそうに眉根を寄せた。

「また、私だけ置いてけぼり……」

「え？　なんの話？」

「……なんでもない」

＊　＊　＊

小一時間ほどしてから、咲人は会計を済ませて店を出ることにした。

柚月は淡々と会計をしていたが、「どっち？」と急に訊《たず》ねてきた。

「レシートのほう。領収書じゃなくていいよ」

「じゃなくて、宇佐見さんたちの話。光莉ちゃんと千影ちゃん、どっちなの？」

なんだ、そっちね——とはならない。どういう意味の「どっち」なのか。

柚月は面白くなさそうに咲人を睨《にら》む。

「千影ちゃんと光莉ちゃんのどっちかと付き合ってるんでしょ？」

「いいや、どっちかだなんて、違うよ」

どっちとも付き合っている、とはさすがに言えないのではぐらかしておく。

「でも、彼女はいるんでしょ？」

「なんでいきなり……なんでそう思うの？」

「だって……いいから教えてよ」

やれやれと咲人は首の後ろを掻《か》く。

「彼女ならいるよ」

「っ……！　じゃあ、やっぱり、あの二人のどっちか……？」

「……秘密」

そう言って微笑を浮かべると、柚月はプクッと頬を膨らませた。

「……そうだ。隼《しゅん》くんが、もう一度咲人と直接会って話したいって……」

「俺は二度と会いたくないけど、なんの用かな？」

「ひっど……隼くん、そんなに悪い人じゃないよ？」

咲人は眉根を寄せた。

「身内にはいい顔をしてても、外にはひどいことを言ったりする……あいつはそういうやつだし、俺はもう関わりたくない」

　千影のこともある。どういうつもりで会いたいと言ってきたのかはわからないが、咲人としては大事な彼女を傷つけられて、心の中ではまだ完全に隼を許せていないのだ。

「私のことを許してくれたなら、隼くんのことも許してあげてよ……」

「それとこれとは話がべつだ。柚月は、俺にとって大事な幼馴染《おさななじみ》だ。だから――」

「それ、正直嬉《うれ》しくないんだ。幼馴染って、そんなに特別じゃないよ……」

「……そっか」

　咲人は微笑を浮かべたが、それは若干の寂しさを誤魔化すためだった。

「じゃあ、そのうち機会があったら、また――」

　そう言うと、咲人は最後に屈託のない笑顔を浮かべて店をあとにした。

　光莉に預かってもらっている柚月への手紙は、やはり彼女に渡すべきでないのかもしれない、処分したほうがいいと思いながら――

ツイントーーク！④　テスト勉強中に……？

「うぅ……かけるべきか、かけないべきか、それが問題……」

「……ハムレット？」

　昼下がりの洋風ダイニング・カノン。

　テスト勉強をしていた双子姉妹は、ちょっと休憩を挟むことにしたのだが、千影がテーブルに置いたスマホに対し、人差し指を出したり引っ込めたりしている。

「嗅覚っていうのかなぁ……なんだか嫌な感じがする～……」

「最近のちーちゃん、ワンワンすぎない……？　気になるならかけちゃえば？」

「でもでも！　咲人《さくと》くんに束縛女って言われたらどうしようって思って！」

「じゃあかけない？」

「うぅ……それはそれで、寂しいと言いますか、気になると言いますか……」

　千影はそう言うと「はぁ」と息を吐いた。

「ここ最近ずっと一緒だったから、会わないと不安になるよぉ……」

「今日の帰りも会ってるよね？」

「でも、サヨナラって挨拶しただけだし、サヨナラの意味が深すぎるというか……」

「えっと……考えすぎじゃないかな、それ……」

光莉《ひかり》が呆《あき》れていると、後ろのテーブル席から少女たちの恋バナが聞こえてきた。

結城《ゆうき》学園の女子生徒四人である――

「ま、こう見えて私は、浮気《うわき》は許せるタイプ」

「それは彼氏ができてから言おうね……どの口が言ってるんだろって思っちゃうから……」

「私は浮気されたらショックかなー……お兄ちゃんに相談するかも」

「僕は……まあ、最終的に僕のところに戻ってきてくれるならいいかなって」

「「「お……おっとなぁ――――っ！」」」

と、仲良さそうに延々とそんな話をしていた。

（最後の僕っ娘《こ》の人、うちの考えに近いかな……）

光莉は他人の恋愛観を自分に照らしつつ、いまだにスマホを見つめている千影《ちかげ》を見た。

双子でも、同じ人を好きになったが、恋愛におけるスタンスは違う。

たしかに、今なにしているんだろうと気になることはあっても、電話をかけるまでもない。LIMEを送ることはあっても、相手の行動を制限するまでにはいたらない。

弁《わきま》えているのと、束縛するのと、知りたいのとでは話はべつ。たしかに、そのバランスをとるのが難しいと、咲人と付き合うようになってから、光莉は思うようになった。

咲人は優しい。今すぐ来てと頼めば、きっと来てくれると思う。……しないが。

本当は、彼の肩にぶらさがって、その優しさにずっと甘えていたいと思ってしまう。

ああ、これが好きなんだな——顔が赤くなる自分を、チョロすぎだろうと叱った。

「あわわっ……着信⁉ ——は、はい！ もしもし、千影です！ ——え？ 今、ひーちゃんとカノンで勉強を……えっ⁉ はい、はい……お、お待ちしておりますです……」

と、千影は電話を切った。

「ひーちゃん！ 咲人くんが今から合流したいって！ ……ひーちゃん？」

「……え？」

「クスッ……ひーちゃんもそういう顔するんだ……」

「え？ うちの顔、変……？」

「ううん、とっても嬉しそう。それに、顔真っ赤だよ？」

慌てて自分のスマホの内蔵カメラで自分の顔を映す。たしかに真っ赤になっている。前髪も変だ、と慌てて手ぐしで髪を直す。

「咲人くんが急に来てくれることになって、嬉しい？」

「あ、えっと……うん……嬉しい」

さらにカーッと真っ赤になってしまう自分がたまらなく恥ずかしい。

「私も嬉しい。忙しいのにわざわざ会いに来てくれるなんて、やっぱり優しいな」

「そ、そうだね、えへへへ……」

照れを誤魔化すように笑って、スマホの内蔵カメラを切った。ふと、ディスプレイに着信の通知があった。咲人からだった。

気づかなかったが、咲人から何度か着信があったようだ。

光莉はこそっと千影に内緒でＬＩＭＥを送る——

『ほんとに会いにきてくれるの？』

『うん』

『急にどうしたの？』

『なんか会いたくなって』

——光莉はディスプレイを閉じ、テーブルの上に突っ伏した。

「ひーちゃん、どうしたの？　勉強で疲れちゃった？　ひーちゃん？」

妹には見せられない。こんな、どうしようもなくニヤついた顔なんか。

第10話　真実を写す……？

「うーん……すごく良い記事ですね！　きちんと相手の内面を捉えて、伝えたいことがまとまっています！」

テスト明けの金曜日、七月十五日。

部活動が再開となり、光莉が家で書いてきた記事を提出したところ、新聞部の部長の上《うえ》原彩花《はらあやか》は、普段のおっとりした口調を忘れて、若干興奮気味に感想を述べた。

副部長の高坂真鳥《こうさかまとり》も楽しそうに記事を眺めている。

「誰に向けて書いているのかもきちんと押さえられているな～。すっごくイイ感じ」

すると、同級生の東野和香奈《ひがしのわかな》が悔しそうに言う。

「これは、負けた……」

「和香奈、あんたはその前にもうちょっと誤字脱字を減らさないとな～」

真鳥にツッコまれて、和香奈はプクッと頬を膨らませた。

「真鳥先輩こそ、写真ばっか撮ってないで記事を書いてくださいよ～……」

「私はこっち専門だからね～」

と、真鳥はフフンと得意げにカメラを構えた。

光莉のインタビュー記事は、部員たちの反応はかなり良かった。しかし、当の光莉は控えめな笑顔を浮かべたまま、どこか距離を置くようにして彼女たちを眺めていた。

和香奈が悔しそうな顔で光莉を見る。

「光莉、どうやってこの記事みたいな質問を考えたの？」

「バックナンバーを読んで、今までどういうインタビューをしてきたか参考にしただけかな？　あとは、質問は記事になりそうなのを事前にいくつか考えておいて、弁護士の仕事についても調べておいたって感じかな？」

その場で思いついたわけではなく、そうやってしっかり下準備をしていたことを話すと、和香奈は完全に撃沈した。

「それ、インタビュアーの基本中の基本だぁー……ちゃんとやってるんだぁ……」

「和香奈、こういうところだぞ～？　聞き上手にならないとモテないぞ～」

「だから真鳥先輩は記事を書いてください！　あと、べつにモテるとかモテないとかカンケーありませんからっ！」

真鳥と和香奈がそんなやり取りをしていると、彩花が光莉にそっと訊《たず》ねた。

「ところでこちらの木瀬崎《きせざき》さんのお宅にお邪魔したんですか？」

「はい」

咲人はギクッとなった。

「すっごく優しくて綺麗《きれい》な人でした。この記事は相手が良かったから書けたものなので、うちというより、みつみさんに感謝ですね」

と、光莉が言うのを若干ヒヤヒヤしながら咲人は隣で聞いていた。

「え？　てことは、高屋敷《たかやしき》の家に行ったの？」

真鳥は何気なく言ったが、咲人は気が気ではない。そうなるだろうなという予想はしていたが、光莉は「はい」とまともに返事をしてしまった。

「ふぅん……なんか、呼び方も咲人って呼び捨てになったし、なーんか怪しくね？」

ジャブというよりストレートをかましてきた真鳥に対し、光莉は笑顔で構えている。

内心動揺したが、光莉が考えなしになにかを言うわけもないかと咲人は思い直した。

「うちだけじゃなく妹の千影も一緒だったので、二人でお邪魔したんですよ」

「へぇ、やっぱ三人仲が良いんだな？」

「はい。できればまた行きたいですね。今度は普通にお話ししたいです」

それ以上深く突っ込まない真鳥を見て、咲人はほっとした。

それにしても上手《うま》い。光莉は「千影と二人で」という言い訳を使って、ただ仲が良いだけだと思い込ませたようだ。

するると和香奈が口を開いた。

「そりゃそうですよ。なにせ学年トップの三人ですから、気が合うんですよ、きっと」

「で、学年三馬鹿の一人のあんたは、ほかの二人と仲良いの？」

「三馬鹿って決めつけないでくださいぃ……というかそれ、フツーにひどくないですか⁉

これでも私、平均点以上はとってるんで！」

和香奈が怒ると、真鳥は笑いながら受け流した。

咲人はそちらを放っておいて、彩花のほうを向く。

「彩花先輩、今日ですが、俺は光莉と一緒に回ってもいいですか？」

「もちろんです。私は副顧問の中村先生のところに行きますので、お願いします」

＊　＊　＊

「にししし－、うちと二人きりになりたかったっていう認識で合ってるかなぁ？」

隣を歩く光莉が、ニヤニヤとしながら咲人の顔色を窺《うかが》った。

「ぶっちゃけて言うとね」

「……ふぅん、なるほど。うちの思ってた感じじゃないのかな？」

咲人の冷静な反応を見て、光莉は多少不貞腐《ふてくさ》れながら言う。

「シンプルに、光莉がインタビューする様子を見たかったんだ」

「どうしてかな？」

「ま、たまには他の人とどんな感じで話すのか見たくってさ」

「出た、特殊……」

「え？　そう？　どこが？」

光莉は肩をトンとぶつけてきた。

「普通さ、そういう観察っぽいことは相手に悟られないようにするもんだよ？　じゃないと、ついてくる意図がなんなのかって勘ぐっちゃうから」

「光莉は他人の嘘《うそ》や本心を見抜けるんだよね？　だったら、正直にそう伝えたほうが誠意かなって思って」

「咲人《さくと》のそういうところは好きだけど……ほら、『ほかの男と話してるなんて許せねぇ』とか『お前をもっと近くで見たかった』とか、嘘でもそういうキュンとするセリフがほしいかな」

「だから、なんなのそのワイルド設定……？　本気で俺にそうなってほしいの？」

光莉は可笑《おか》しそうに笑ったが、少しだけ眉根を寄せた。

「それで、うちのなにを知りたいのかな？　スリーサイズは、上から──」

「あー訊《き》いてない訊いてない……」

「じゃあ、ちーちゃんのスリーサイズ知りたい？」

「その前に、個人情報保護法って知ってる？　勝手に人のスリーサイズを公開しちゃダメだよ、たぶん、知らないけど……」

すっかり呆《あき》れたが、このまま話が脱線し続けるのは困る。正直に訊いてみよう。

「光莉《ひかり》は、俺や千影《ちかげ》のときと、ほかの人のときと、態度を変えたりしてるの？」

「もちろん。それって、ダメなことなのかな？」

「いや、ダメじゃないけど、どうしてだろうって……」

ふと、光莉は目を細めた。

「ちーちゃんも咲人も、うちのこと、わかろうとしてくれるからかな」

「それは、他の人だってそうなんじゃないかな？　光莉のことを理解したいって人が、俺たちのほかにもいるんじゃないかなって」

「うーん……そういう人と、なかなか会えないって思ってる」

「なんで？」

「咲人ならわかるんじゃない？」

自分のこれまでを振り返ればそうだった。

いつもボッチで周りから浮いていたが、それでもべつに構わないと思っていた。自分の母親や、みつみや、柚月《ゆづき》が、自分の理解者としていてくれたから。

「うちは、咲人と会うまで、ちーちゃんが側にいてくれたらそれで満足だったの。いっぱい心配かけちゃったけど、うちのことを嫌いになったり、見捨てたりしなかったんだ。だから、ちーちゃんが満足することがうちの満足かな」

自分に近しい人に恩を感じていることと、同調することが重なっているようだ。光莉の場合はその相手が千影で、千影のことを自分事に捉えているのだろう。

「じゃあ、どうして俺のことを受け入れてくれたの？」

一目惚《ひとめぼ》れ、というのは前に聞いた。けれど咲人にはいまだにピンとこない。自分に対し、フィーリング的な部分をどこで感じ取ったのだろう。

「咲人を初めて見たときにね、胸の中が急に熱くなって、心臓の鼓動が速くなって」

「急に乙女だな……」

「そうだよ？　知識や理論理屈じゃわからないものがあるんだって感じたんだ。たぶん、この人は私と同じタイプで、運命の人なんじゃないかなって思って」

と言って、光莉はクスクスと可笑しそうに笑った。

「そしたら大正解！」

「なんで？」

「咲人と会ってから、毎日イレギュラーなことばっかりで、一緒にいて楽しいんだ。次はどんなことが起きるのかな、うちから仕掛けたらどんな反応をするのかなって」

「……反応実験か？」

「うーん……それに近いかな。あ、でも……欲を言えばもうちょっと、うちの推測にもとづいてほしいな？　今のままでも楽しいけど、ちーちゃんみたくわかりやすく過剰反応するのを咲人に期待してるから」

「あ、えっと……努力します……」

光莉の求めにまだまだ応じきれていないのだと咲人は反省する。

でも、人間はそう単純ではない。

複雑に物事が絡《から》み合って、その下で予測不能なことをしでかすのが人間だ。それが面白いときもあれば、期待外れのときもある。

光莉を飽きさせていないという意味では、今のところ期待外れではないのだろうが。

「だから、ねえ、咲人――」

と、いきなり手を繋《つな》がれた。

「……なに？」

「このままサボって、一緒にどこかに行かない？　人気《ひとけ》のない場所がいいなぁ……」

悪戯《いたずら》っぽくささやく声に、咲人はドキッとした。

これは試されているのだろう。反応実験ならば——

「いいよ、行こっか？」

「……え？　えぇっ⁉」

「なんで驚くの？　そっちが訊いてきたんだよね？　ほら、早く行こう？」

グイッと手を引くと、光莉が若干抵抗を示した。仕掛けた側が思いのほか動揺し、真っ赤になってあたふたしているのは、見ていて面白い。

「い、今のは、だから、冗談で……」

「俺は本気に捉えたけど？」

「でも、まだ部活中だから……」

急に真面目なことを言い始めた光莉を見て、咲人は可笑しくて笑いそうになった。

部活中だからと断られるとわかって訊いてきたのだろうが、あえて逆をとってみた。過剰反応をしたのは光莉のほうで、すっかり真っ赤になっている。

これは、なかなか面白い。

日頃からかってくるのは光莉のほうだが、こういう反応をされると、もう少しからかいたくなってしまう。

「ほら、光莉。行こう。この時間人がいない場所って言ったら――」

「――どこに行くんですか？　仲良く手を繋いで」

その声を聞き、咲人は一気に青ざめた。

恐る恐る振り返ると、千影が仁王立ちしていた。咲人は光莉の手をパッと離す。

「あの、これは、その～……」

どこから説明しようと迷っていると、

「ちーちゃん聞いて！　咲人が、部活をサボって一緒に人気のない場所に行こうって！」

と、先に光莉が説明してしまった。……自分に都合よく。

「光莉っ⁉」

千影に見えない角度で、にしししと笑う光莉。

ああ、してやられた、と思った。

光莉は、千影がこちらにやってくるのを見て仕掛けたのだろう――

「は、は……廃部ぅうう――――――――……――」

＊＊＊

「あははははっ！　あー、ダメ！　思い出すと笑えてくる……！」

腹を押さえて笑いを堪《こら》える光莉の隣で、咲人はどっと疲れた表情でため息を吐《つ》いた。

「笑いごとかよ、まったく……」

あのあと、千影をなだめすかして、きちんと説明した。冗談だと認めてもらうまでに時間がかかり、だいぶ持て余した。

「光莉のせいで危うく新聞部が廃部になりかかったんだよ？」

「咲人もノリノリだったよねー？」

「うっ……」

たしかに悪ノリしたこともあり、光莉のせいだけでもないが――。

「でもさ、ちーちゃんもちーちゃんだよね？　廃部ぅーって」

「まあたしかに、私情を挟みすぎてるな～……」

光莉は可笑しそうに笑っているが、咲人は苦笑いを浮かべた。

そうして第一体育館までやってくると、光莉はさっそく顧問の許可をとって、女子バスケ部の部長にインタビューを始めた。

その後、男子バレー部、新体操部と、同じように顧問に許可をとってから、部長にインタビューをした。

咲人はその傍《かたわ》らでメモをするフリをしながら、光莉の様子を窺《うかが》っていた。

「夏の大会に向けて意気込みをどうぞ」

「これまでやってきた成果を出せるように、精一杯プレーして――」

やはりと思うことがあった。

光莉は最初に相手の表情や態度から、ある程度どんな人物なのかを見抜いている。そうして、相手に合わせて話す速度や調子、表情を変え、最後は必ず笑顔を引き出していた。

恐ろしく観察眼が鋭い。話術も、ユーモアのセンスも――。

出会ったころのことが思い出された。人の心の奥底を覗《のぞ》くようなあの目が怖いと感じた。

この子には嘘《うそ》や誤魔化しは通じないのだと――。

それは天賦の才なのか、後天的に身につけた技術なのかはわからないが、宇佐見《うさみ》光莉という少女のすごさを傍目《はため》で見て実感する。

それにしても、彼女はいったいどこまで視《み》えるのだろうか――

「ふぅ～……とりあえず、これでうちの担当は全部かなー」

「お疲れさま……」

「ん？　どうしたのかな？」

「いやー、素直にすごいなって思って……」

「……？　なにが？」

光莉はキョトンとして微笑を浮かべているが、本人は無自覚なのだろう。

「いや、ほんと光莉はすごいよ。仕事ぶりを見てたけど、万能って言うかさぁ」

「うーん……咲人《さくと》に言われてもなぁ」

「不満？」

「不満って言うか、ほんとにすごいのは咲人だから。うちはまだぜんぜんだよー」

と、はにかんだ笑顔で言う。褒められて嬉《うれ》しかったようだ。

――すると。

「うん、いい絵が撮れた！」

真鳥《まとり》がニコニコとしながらやってきた。

「真鳥先輩？　なにを撮ったんですか？」

「新聞部のオフショット——」

と、真鳥が見せたのは、咲人と光莉《ひかり》が並んだツーショットだった。

「また盗撮を……」

「新聞部のオフショットだっつーの。卒アルとかに使うやつ。——つーか光莉、めっちゃ可愛《かわい》くね？」

「え？　ええ、まあ……」

咲人は恥ずかしがりながらも正直に言う。あの一瞬をカメラに収めるとはさすが。

光莉も照れた顔で真鳥を見た。

「真鳥先輩、その写真、うちにも回してくれませんか？」

「ん？　んん？　光莉、もしかして——」

真鳥がなにかを気づきかけたので、咲人は慌てて光莉を見た。

「はい。その写真、咲人の顔が写らないように、うちのところを拡大してインストに上げたいので」

「うっわ〜、匂わせ写真かよ〜。まあたしかに、あんた一人だと勘違い男が寄ってくるかもだし、いいぜ？」

真鳥はニコッと笑って、気分良さそうに部室のほうへ向かった。

「……クス。咲人とのツーショット、ゲット」

「光莉、攻めすぎだろ……」

「だって、ほしかったんだもん」

甘えたように言って、光莉はニコッと嬉しそうに笑ってみせた。

＊　＊　＊

「はい、それではみなさん、お疲れ様でした。進行状況はホワイトボードに書いてある通りですが、思った以上に進んでいるので、土日で完成させられるように頑張りましょう」

部活後のミーティングにて、彩花《あやか》がにっこり微笑《ほほえ》んだところで解散となった。

進行状況はかなり良く、この土日でなんとか完成させられそうだ。

その陰には、光莉の努力があった。

「光莉って、パソコンの操作速いよね～」

和香奈《わかな》が感心したように言うと、

「まあ、家でよくネットサーフィンしているし、慣れてるからかな？」

と、光莉は当たり障《さわ》りのないことを言った。

ネットサーフィンうんぬんの話ではない。ＤＴＰ——すなわちパソコン上で原稿作成から編集、デザイン、レイアウトまでの作業を効率よくやっているのを、咲人は傍目で見ていて、こんなこともできるのかと驚いていた。

ソフトの使い方に慣れていて、作業スピードがほかの部員たちより格段に速い。

即戦力を得た新聞部は、感化されたように、真面目に作業をしていた。

先刻、彩花は「思った以上に進んでいる」と言ったが、「思った以上に真面目に進めた」と言ったほうが正しいだろう。

一人優秀な人材が入るだけで、これほどまでに変わるものか。

その光景を目の当《ま》たりにして、咲人は驚きを隠せないでいた。

ただ、一つだけどうしても気になっていることがある。光莉と新聞部の関係だ。

周りの部員と話し終わり、帰り支度を済ませた光莉がやってきた。

「お待たせー」

「ごめん、光莉。ちょっと用事を思い出した。千影《ちかげ》と先に合流して待っててくれない？」

「……？　わかった」

新聞の発行はこの分なら問題ないだろう。

けれど、まだ一つ、彼女たちにとって大事な問題が残っている。

そしてもう一つ――。

光莉の本心からの笑顔は、やはり部員たちには向けられていない。

だから、新聞部や光莉のために、俺にもまだできることをやるとしよう――

＊　＊　＊

翌日の土曜日は昼過ぎから集まった。

各々《おのおの》、取材したメモをもとに、記事に起こしていく作業をしている。

二時間ほど過ぎて、少し休憩を入れたいと思っていたら、彩花がスッと立ち上がった。

「飲み物を用意してきます。みなさんは作業を続けてください。戻ったらいったん休憩しましょう」

微笑みながらそう言って、彩花は部室をあとにした。

「光莉、これも任せていい？」

「うん。任された」

咲人はパソコンに入力した、書き起こしたインタビュー内容を、共有フォルダの光莉のフォルダに入れた。光莉がそれを編集し、記事にする作業をしてくれる。

本来なら咲人がそれを全部するつもりでいた。

ところが光莉は「うちに任せて」と言うので、咲人は頭の中に記憶されている会話の内容を、ひたすら打ち込むことに専念していた。すると――

「うーん……イマイチ」

真鳥が悩むように独り言を呟《つぶや》いた。咲人は気になってそちらを向く。

「真鳥先輩、どうしたんですか？」

「いや、写真をどれ使おうか迷ってたんだけど、どれもイマイチでさ……」

「あれ？　カメラの腕には自信があるんじゃないんでしたっけ？」

「だからだよ。こだわりたいから、イマイチなの」

そんなやり取りをしていると「そうだ」と真鳥が言った。

「光莉、この写真どう思う？」

光莉は作業をやめて真鳥のほうに回ると、いくつか見比べて一つに決めた。

「これがいいと思いますが……うーん……」

「だろ？　なんかピンとこないんだよなぁ……」

「少し調整しますか？」

「え？　そういうのもできるの？」

光莉は真鳥に代わってパソコンの前に座ると、慣れた手つきで写真の編集を行う。

「すごっ……光莉、こういうのもできるんだ？」

「前にやったことがあって――どうです、先輩？」

「いいね！　じゃあこの写真にしよう！　ありがとね、光莉」

真鳥が感心する中、光莉は相変わらず社交的な笑顔を浮かべている。

新聞部の部員で、実力は認められているのに、内輪に入りきれていない。どうにも他人《ひと》事《ごと》のように見えてしまう。

（もっと打ち解けたらいいんだけどな……ドヤッとか言って……）

そんなことを咲人が思っていたら、真鳥が「そうだ」と思いついたように言った。

「光莉、今日このあとさ、彩花と和香奈とお茶してから帰るんだけど、光莉も一緒に行かね？」

「え？　うちは――」

「せっかくなんだし行ってきたらいいんじゃない？」

光莉が断る前に、咲人は間髪容《い》れずに言う。

「まあ、たまにはそういうのもいいんじゃないかな？」

「でも……」

「そうだぞー？　高屋敷《たかやしき》ばっかり光莉をキープしてるみたいだから、たまにはうちらとどーよ？」

とても品のない言い方だが、こういうとき真鳥が強引に誘ってくれるのはありがたい。

すると、バン、といきなり扉が開け放たれた。

「み、みなさん！　大変ですっ！」

だいぶ慌てて息を切らしながら、彩花が戻ってきた。

「あれ？　飲み物は？　つーかなに慌ててんのー？」

真鳥が訊《たず》ねると、彩花は呼吸を整えた。

「それが、放送部の部長の石塚《いしづか》先輩に話しかけられて……とにかく大変なんですっ！」

彩花の慌てぶりに、さすがの新聞部の面々も黙ったまま耳を傾けた。

第11話　まさかの出演……？

「えぇっ⁉　なんで私らが【アリガクCh】に出るわけ⁉」

真鳥が驚いたのも無理はなかった。

急に降って湧いてきたような放送部の企画──【アリガクCh】への出演依頼が来てしまったためだ。しかも、当日は校内で生放送。アーカイブもYouTubeに残り、世界中に発信される。

すると、彩花が申し訳無さそうに事情を説明し始める。

「それが、夏休み前の特別回で、ぜひ最近活動を頑張っている新聞部に出演してもらいたいと……新聞部の視点から、夏の大会に向けて頑張っている運動部の特集をしてほしいと言われてしまい」

「断らなかったの？」

「はい……笑顔で『ぜひ！』と言っちゃいました……」

「マジか⁉　そういえば彩花、石塚先輩のことがカッコいいって言ってたもんな⁉」

「い、言ってません！　早口でたくさん喋《しゃべ》れる人はすごいなって言っただけです！」

そんな部長と副部長の争いを、咲人《さくと》と光莉は他人事のように聞いていた。

「なんか大変なことになったな」

「そんなに慌てることなのかな？」

するとと和香奈が口を開いた。

「生配信だから失敗が許されないんじゃない？　そもそもカメラを向けられて話すとか、私たち経験ないし、普段は訊《き》く側のほうだし……」

不安要素としては、生放送できちんと喋れるかということらしい。

「それで、誰が出るの？」

と、真鳥《まとり》が一番気になるところを彩花に訊ねる。

「全員で、一人ずつ話す担当が決められたらいいなと思うんだけど……」

「私はパス」

「真鳥ちゃん……」

「私は撮るのが専門だって。人前で話すのはダーメ」

と、真鳥は簡単に断った。

すると、今度は和香奈が立ち上がって、

「私は……出られるなら出たいです」

と、迷いながらも口にした。

「頑張ってアピールしたら、私たちの新聞に興味を持ってくれる人がいるかもしれません。失敗しちゃうのは怖いですが、ちょっとでも新聞部の存在を知ってほしいし、私たちが一生懸命つくった新聞を読んでもらいたいです！」

後輩ながら堂々とした主張で、彩花《あやか》は驚いたあと、嬉《うれ》しそうに目を細めた。

「それでは、光莉《ひかり》ちゃんはどうしたいですか？」

彩花が訊くと、光莉は多少悩む素振りを見せた。

「えっと、うちはどっちでも……」

「なら、一緒に出ようよ光莉！」

和香奈が間髪容れずに言う。その表情は、やる気と笑顔に溢《あふ》れていた。

「え？」

「だって、今回の記事だって、全体の構成とかも光莉が把握してるじゃん？」

すると彩花も迷いながらも口を開く。

「そうですね……職業インタビューの出来は素晴らしかったです。運動部のことだけでなく、こういった記事もあるんだと伝えれば、私たちの新聞の有用性がアピールできるかもしれません」

そうは言ったが、彩花は光莉に強制するつもりはないらしい。あくまで、光莉の意思決定に任せたいようだ。

光莉が悩んでいると、真鳥がニカッと笑顔を向ける。

「光莉、出てみたら？　私はどう頑張ってもカメラ映《ば》えしないけどさ、あんたはきっとイイ感じに映えるよ。……それに、こうしてみんなから信頼されてるしな？」

光莉は少し悩んだあと、

「……わかりました。うちでよければ」

と、控えめに笑いながら答えた。

──して。

急に降って湧いたような話ではあったが、こうして新聞部は、放送部の配信番組【アリガクCh】に生出演することになった。

出演するのは真鳥以外の三人、彩花、和香奈《わかな》、そして光莉──。

そのあと、誰がなにを話すのか打ち合わせがなされたのだが、咲人は光莉の表情を気にしていた。

＊　＊　＊

「──それで引き受けたんだ？　ひーちゃん、大丈夫なの？」

夕方、洋風ダイニング・カノンで、咲人と光莉は千影《ちかげ》と合流した。

千影は私服姿。服を買いに行っていたらしく、お店のロゴが入った紙袋をテーブル横の荷物置きに置いていた。

「大丈夫かどうかは微妙かな？　ただ座って説明するだけならなんとかなるけど……」

俯《うつむ》きがちに話す光莉を見て、咲人は首を傾《かし》げる。

「なにか不安でもあるの？」

「うち、あまり表に出るタイプじゃないから……」

「でも、あんなに上手に人前で話せるじゃないか？」

「まあね……」

てへへと笑う光莉は、やはり元気がないように見える。見かねた千影が笑顔を向けた。

「ひーちゃんなら大丈夫だよ。当日は私が近くに立って見てるから」

「本当？」

「本当。咲人くんもだよね？」

「ああ、俺もそばで見ているから」

「そっか……じゃあ、二人がいるなら安心だね。うち、頑張るよ！」

そう言って、光莉は嬉しそうにニコッと笑ってみせた。

けれど、その笑顔と言葉は、本来であれば新聞部の部員たちに向けられるべきなのではないか。光莉に安心感を与えられる存在が、本来であれば——。

そのことは千影も思っていたらしい。

咲人と千影は互いに複雑な気持ちで目と目を合わせたが、けっきょく口にしなかった。

＊＊＊

翌日の日曜日、昼過ぎのこと。

「で……できました！」

彩花が叫ぶと、彼女の席のうしろに新聞部の面々が集まった。

「おお、一面イイ感じじゃね？　早く印刷してよ」

「ちょっと待って——出しました！」

Ｂ４サイズの紙がプリンターから続々と出てくる。

真鳥がそれを部員たちに配ると、嬉々《きき》として部員たちは読み始めた。

「なんかすっごくイイ感じじゃね？　レイアウトとか、文字も読みやすくなったしさ！」

真鳥がそう言うと、和香奈も嬉しそうに微笑《ほほえ》む。

「見出しもいいし、真鳥先輩の写真、すっごくカッコいいです！」

「だろだろ？　もっと先輩をリスペクトしちゃっていいよ～ん」

「って、この写真は光莉が修正かけたやつですよ？　あんまり調子に乗らない！」

「よっしゃ、和香奈の誤字脱字がないか探すかー」

「ちょっ……ピンポイントで私の粗を探すのやめてください！」

いつもの調子で話している真鳥と和香奈だが、その表情はいつもより明るい。なにかをやり遂げたという達成感が、彼女たちに自信をつけたようだ。

その様子を眺めていると、彩花が光莉のところにやってきた。

「ありがとうございました、光莉ちゃん。今までのものよりも、かなりレベルが上がったと思います」

「えっと、うちはなにも……」

「いいえ、中身もそうですが、光莉ちゃんの技術があったからこそできたものです。時間がない中、これだけ良いものができたのは、光莉ちゃんのおかげです。本当に、ありがとう」

光莉はさすがに照れ臭かったのか、えへへへと頬を赤らめた。

その様子を見ながら咲人は思う。

(やっぱり……彩花先輩は気づいていたのかな……)

――そもそも、新聞部の問題は編集の技術力不足だった。

咲人もバックナンバーに目を通していたが、ある時期を境に、ぱっと見の紙面のレベルがガクンと落ちたと感じていた。それは去年の十月ごろで、それまで部活を引っ張っていた三年生が引退した時期とちょうど重なる。

記事自体は、それまでの内容と遜色なく、むしろ先輩たちより丁寧な取材を心がけていたのだなという雰囲気が伝わってきた。

以前、和香奈が悔しそうに呟《つぶや》いていた「インタビュアーの基本中の基本」がしっかりとなされ、彩花と真鳥がいかに基本を大事にしていたのかが伝わってくるものだった。

けれど、取材と編集は別個の問題である――

『私たちが真面目につくった新聞、みんなに読んでもらえるかなって……』

以前、和香奈が口にしていた悩みの答えは、そこにあった。

要するに、デザインやレイアウトなどの編集が悪かったのだ。

それまで培《つちか》われてきた新聞部の編集の技術は失われてしまったようで、去年の十月前後の記事を見比べると、内容は良いが、どうしても編集の粗が目立っていた。

だから、せっかく努力して書いた良い記事も、読まれずに終わっていたのだろう。

一覧性という言葉があるように、ぱっと見の「読みたい」と人に思わせるものになっていなかったのである。

つまるところ、新聞部のこれまでの努力はムダではなかった。

読まれないからといって、へそを曲げて暴露系に方向転換して暴走したことはだいぶ歪《ゆが》んではいたが、それほどのやる気、熱情は、彼女たちの中に眠っていた。

やる気の方向性を間違えてしまったのは非常に残念ではあるが――。

（だから橘《たちばな》先生は、このまま終わらせたくなかったんだな……）

本来の正しい方向に転換するには外圧だけではなく、内部の改革も必要だった。

そこに現れたのが、宇佐見《うさみ》光莉というスペシャリストである。

パソコンの操作技術が高い光莉がそこに入ることで、問題は一気に解決された。

同時にそれは、光莉の居場所づくりにも繋《つな》がる。必要とされる人として。

さらに、外部からは監査というかたちで宇佐見千影が睨《にら》みをきかせる。

内と外――宇佐見姉妹がいたからこそ、新聞部はここまで立ち直ったのだろう。

（まったく……これじゃあ本当に橘先生の手の平の上だな……）

咲人《さくと》は苦笑しながら彩花に訊《たず》ねた。

「彩花先輩、あとは教師のチェックですか?」

「はい。でも、これならおそらく通るかと。とりあえず職員室に持っていきますね」

すると扉がノックされた。

「ふむ、全員揃《そろ》っているな」

と、入ってきたのは橘だった。途端に彩花は「あ」と口にする。

「橘先生、ちょうどいいところに。今、今度の新聞ができたところなんです」

「それは良かった。あとで私から副顧問の中村先生と、生徒指導部の先生に回すから、教師分を刷っておいてくれ」

彩花がさっそく必要な部数を印刷し始めると、真鳥《まとり》が橘を見た。

「ところで橘先生はなにをしに? 私ら今はなーんも悪いことなんてしてませんよ?」

「いちおう過去の悪行愚行の数々は認めているんだな? ──ふむ。私の用件なんだが、それについては本人に会って直接聞いてもらおうか。入りたまえ──」

扉から入ってきたのは、放送部部長の三年の石塚だった。

「こんにちは、上原さん。みなさんもこんにちは〜」

爽やかな石塚の笑顔に、彩花《あやか》はドキッとした表情を見せる。

「あ、石塚先輩。昨日はどうも……」

「じつは今度の件で打ち合わせがしたくて。橘先生も一緒にいいかな？」

「えっと、いいんですが、どうして橘先生も？」

「生配信だからね。学校の許可は取り付けてるけど、いちおうは配信中のＮＧワードとか、演者の態度とか、そういうのを事前に打ち合わせしたくて」

と、石塚はスラスラと事情を述べる。

建前上、放送部は『インフルエンサー部』と呼ばれるような配信活動をしているが、インターネットに学校の顔として出る以上は、裏ではかなり厳密に打ち合わせがなされている。そういう真面目なところが学校側に評価されている理由の一つだった。

「そういうわけで、私は配信の参加者に用があってきたんだよ、高坂《こうさか》」

「ふうん……じゃ、私は参加しないので、ちょっと外に出てきます」

真鳥がカメラを持って出たので、咲人も立ち上がった。

「俺もちょっとトイレに行ってきます」

そう言って、咲人は真鳥のあとを追った。

＊　＊　＊

真鳥は、部室棟から少し離れた渡り廊下で、カメラを手に俯いていた。いつものはつらつとした雰囲気はなく、どこか沈んでいるように見える。

「なにか、気に食わないことでもあるんですか？」

咲人が声をかけると、真鳥はふっと笑った。

「なーんか臭うんだよね、プンプンと」

「なにがです？」

「今回の件、トントン拍子に進んでるなって思って。放送部のタイミング、よすぎね？」

真鳥はそう言うと、手すりに両肘《りょうひじ》を置き、前屈《まえかが》みになってカメラを構えた。

「誰かが裏で糸を引いてるって感じるの、私だけ？」

「……考えすぎじゃないですか？」

「どうかな？　私らが暴露系を書くきっかけになった放送部が、いきなり私らを配信に引っ張り出すのは、なんか露骨すぎるって私の勘が言ってるんだけど？」

「疑うのが記者の仕事ってやつですか？」

「私はカメラマン。真実を写し出すのが仕事なの」

と、いきなり真鳥は咲人にカメラを向けて、撮るふりをしてふざけた。捏造《ねつぞう》記事を書こうとしていた人がなに言ってんだかと咲人は呆れたが、しばらく真鳥の話に耳を傾ける。

「……ま、なんの確証もないけど、都合が良すぎるよ。新聞記事は今までやってきた中では完璧だったし、あとはどう広めるかだけ。もちろん、校内で配布するのは足を使ってだけど、放送部の配信を使ったら、一気に認知度は出るからさ」

聞きながら、咲人はすっかり呆れた。

「そこまで考えられる人が、リスクをすっとばして暴露系に走るとか……」

「うっさいな。窮鼠《きゅうそ》ニャンコをガブガブなの！」

「そんな可愛《かわい》いらしい諺《ことわざ》は初めて聞きましたが、そこまで追い詰められてたんですか？」

「まあね」

「なにに対してです？」

真鳥は気まずそうな顔をして、大きく息を吐いた。

「私と彩花の代になってから、新聞部は誰からも相手にされなくなったんだよ。頼れる顧問も産休でいなくなっちゃうし、副顧問の中村先生も美術部メインだからこっちには関心がないし、だったらうちらでやるしかないじゃん？」

「まあ、その気持ちはなんとなくわかります」

「その前の年に朝田新聞賞をとった先輩たちに比べて、うちらは劣っているって自覚はあったんだ。……ま、だからプレッシャー？　卒業した先輩たちは良い人たちだったけどさ、超えられない壁って言うの？　そういうのがあって……」

それもわからなくはないが、どうしても引っかかる部分がある。

「そこで方針転換して、暴露記事に走ったのがちょっとどうかと思いますが……」

「放送部が人気出ちゃったからね。まあ、彩花は次の和香奈《わかな》のためになんとか新聞部を残したいって言ってたけど、私は私らの代で、なにかしら爪痕を残したかったんだよ」

なるほど、と咲人は納得してから呆れる。

「爪痕と言うか、傷跡ですけどね？　それも一生傷……」

「うっさいなぁ！　わかってるよ、悪かったって……！」

真鳥はそう言うと、ふうと一息つく。

「……ほんと、反省してます」

普段のキャラとは違い、真鳥のシュンとした姿はなんだか可愛らしかった。

「なら、放送部の配信に出たらどうです？　反省して頑張っているところを見せたら」

「それとこれとは話がべつ！」

「なんでですか？」

「だって、いちおう全校放送だし、アーカイブ残るし、YouTubeにだよ？　このキャラで生配信なんて出たら、絶対失敗しちゃうじゃん⁉」

そこまで顔出ししたくないのだろうか。

「絶対なんてありませんよ？　だから——」

「失敗したらさぁ、照れてる顔が可愛いって話題になって、それがYouTubeで全世界に発信されて、芸能事務所にスカウトされて、モデルとか女優になって、さらに人気が出て、最終的には大金持ちのＩＴ企業の社長夫人になっちゃうかもしれないじゃん⁉」

「絶対無い！」

咲人はここぞとばかりに断言した。

「ひでぇ！　絶対なんてありませんって言ったじゃん！」

「じゃあ訂正です！　というか、どうして後半に行くにつれてそれなりにいい人生送っちゃってるんですか⁉」

「可能性はゼロじゃないだろ⁉」

「ゼロですよゼロ——ッ！」

ああ、この人はもう手遅れなのだな、と咲人は思った。

すると真鳥は、今までのやり取りが冗談だったかのように笑い、スマホを弄《いじ》り始めた。

「——ほい。送っといた」

咲人は「え？」と思いながら、自分のスマホを見る。

　すると、素敵な笑顔の光莉《ひかり》の写真がディスプレイに映し出された。

「ずっと前に撮ったやつ。なんかいい表情してたから」

「……なんで俺に？」

「なんか、悔しいから。光莉がそういう顔をするときって、きまってあんたと一緒のときだから。相当惚《ほ》れられてんなぁ？　昨日のツーショットもお似合いだったじゃん？　付き合っちゃえよ？」

　冗談っぽく言われたので、咲人は苦笑いで返す。

「写真は真実を写し出す……本物の笑顔と偽物《にせもの》の笑顔くらい私にも見抜けるよ。あんたの笑顔も偽物くさいけどさ、光莉もそうなんだよねぇ。私らにもだんだん心を開いてくれてるけど、その顔だけはまだまだって感じ。あーあ、やってらんねぇ～」

　そう言いながら、真鳥は部室のほうへ行ってしまった。

「写真は、真実を写し出す、か……──」

　もう一度光莉の笑顔の写真を眺めて、もしかして、と思った。

　真鳥は、ずっと前から光莉の偽物の笑顔に気づいていたのかもしれない。

＊　＊　＊

放送部との打ち合わせは小一時間にわたって行われ、出演者の三人が最後に気になるところを質問して終わった。

「それじゃあ、三連休明け、十九日の昼によろしく」

「頑張るんだぞ？」

石塚は爽やかな笑顔を残し、橘《たちばな》はふっと笑って去っていった。

「緊張してきましたね。でも、頑張りましょう！　新聞部、ファイオーです！」

「わ、私も頑張ります！　ファイオーッ！」

と、彩花と和香奈が自分を奮い立たせているあいだ、咲人は光莉と話した。

「光莉、大丈夫そう？」

「普通にしていれば大丈夫っぽいかな？　とりあえず原稿を覚えちゃえば……」

すると、複雑な面持ちの和香奈が光莉のところにやってきた。

「うう、なんか頑張るって言ったけど、ガチで緊張してきた……」

「大丈夫？」

「う、うん……」

やはり緊張気味で自信のない和香奈に、光莉がなにを言うのかと思ったら、静かに正面に近づいて、和香奈をやんわりと抱きしめた。

「光莉⁉　急にどうしたの⁉」

「うちの妹、ちーちゃんって、昔から緊張で体調を崩す子なんだ」

「あの千影《ちかげ》さんが……？」

「うん、ああ見えて。でもね、こうしてあげると元気が出るんだって」

「そっか……うん、なんかわかる……あったかいし……」

緊張していた和香奈の表情が和らいでいく。

咲人《さくと》はその様子を見ながら驚いていた。少し前までの光莉だったら、きっとこうしてクラスメイトを抱きしめることなんてなかっただろう。

咲人が微笑《ほほえ》ましく眺めていると、真鳥《まとり》が急にニヤついた。

「高屋敷《たかやしき》、な～にエロい目で見てんだよ～」

「はぁっ⁉」

「羨ましいなら私らもやってみる？　よし、どんと来い。先輩のおっぱいで──」

「あんただけは絶対にない！」

「ひでぇ！」

オロオロした彩花が真鳥を止める。

「真鳥ちゃん、身の程を弁《わきま》えて。高屋敷くんにも選ぶ権利があるから……」

「あんたが一番ひでぇよ、彩花《あやか》！　こんのぉ～！」

「ひゃっ⁉　私に抱きつかないでよっ……！」

気づけば、和香奈と光莉が離れていて、クスクスと笑っていた。

咲人はほっとしたように目蓋《まぶた》を閉じた。

光莉が笑っている。心から、可笑《おか》しそうに。

（もうひと息ってところか……）

咲人は彼女たちにわからないように、心の中で今一度気持ちを引き締めた。

＊　＊　＊

──して。

いよいよ生配信当日を迎えた七月十九日火曜日。

昼休みになったばかりのころ──

「咲人、ありがとね。片づけ手伝いに来てくれて助かったよ」

「いや、それにしても大変だな……」

「もう一人の当番の子が、具合悪くなっちゃったから仕方ないよ──」

光莉の様子が気になっていた咲人は、グラウンドに来ていた。一年の女子体育はハードル走で、炎天下の下、光莉は一人で後片づけをしていた。

見かねて手伝うことにしたのだが、カートに乗せて運ぶのにもだいぶ時間を要した。体育の教師は具合が悪くなった生徒の付き添いで保健室に向かったそうで、当番だった光莉だけが残って片づけていたそうだ。

「そう言えば、東野《ひがしの》さんは？」

「和香奈ちゃんなら先に行ってもらったよ。手伝うって言ってくれたんだけど、二人で遅れちゃったら、彩花先輩が困るだろうし」

かといって、あのまま光莉が一人で片づけていたら、配信に間に合わなかったかもしれない。気になって様子を見に来て正解だったようだ。

「カートは、あのシャッター倉庫でいいよね？」

「うん！　ありがとう」

ハードルを乗せたカートを押しながら、シャッター倉庫へやってきた。

ここは陸上競技で使うものやら、体育祭で使うようなものやらを収納しておくための倉庫で、有栖《ありす》山学院の歴史を感じさせるような古い器具も、捨てずに残されている。薄暗くてじめじめしているが、外の暑さに比べればマシだった。

咲人はカートを奥へ押し込めると「ふぅ」と息を吐いた。

「二人っきりだねぇ？」

にしししと光莉のふざけるような声がして、咲人は苦笑いを浮かべた。

「このあと配信だろ？」

「ちぇ……それがなかったらここでイチャつけたのになぁ」

面白くなさそうに言ったが、光莉の表情は明るい。

「じゃ、みんなが待ってるし、そろそろ行こっか？」

と、光莉が出口を向いた。すると──


──ガシャン！


急にシャッターが閉まり、倉庫内が一気に暗くなった。

「どうしたっ⁉」

「わ……わかんないけど、急に閉まっちゃったよっ⁉」

もともと古くて建てつけが悪いことは知っていたが、まさか勝手に閉まるとは。

ただ、シャッターが下りただけなら問題ないと、咲人は近づいていって内側からシャッターを持ち上げようとしたのだが——

「重《おも》んもっ……!?」

光莉も手伝ったものの、シャッターが震えてガシャガシャと鳴るだけで、一向に上がらない。どうやら、本来シャッターが畳まれて収納されるはずの箱のような部分に、なにか引っかかっていて、これ以上持ち上がらないようだ。

倉庫内を見回したが、高いところに人が通れないほどの細い天窓がある以外は、出口らしきものは見当たらない。

「仕方がないか……。とりあえず、職員室に電話をかけてみる——」

咲人はそう言いながらズボンのポケットに手を入れようとして、青ざめた。

「しまった、俺のスマホ……」

スマホは教室に置きっぱなしだったのだ。

「まさか、咲人……」

「……ああ。どうやら俺たち、閉じ込められてしまったみたいだ……」

第12話　アルキメデスの涙……？

昼休みになり、小会議室に集まった新聞部は配信の開始を待っていた。

「ううっ……やっぱり緊張してきました～……」

「彩花先輩、ファイオーです！　……私も緊張する～」

スタッフと言うべきか、放送部の面々が配信に向けて機材のチェックや準備を慌ただしくやっている。そのうちの女子の一人が彩花に話しかけた。

「配信は十分後ですが、大丈夫ですか？」

「は、はいっ……！」

彩花はだいぶ緊張している様子。後輩ながら和香奈《わかな》が気弱な先輩を気遣って、どうにか緊張を和らげようとする。

「彩花先輩、そんなに緊張しなくても大丈夫ですよ？　雑談する感じで」

「わ、私、けっこうおチョコにチョイで……」

「……晩酌が好きってことですか？」

彩花はテンパりすぎて、自分でもなにを言っているかわかっていない様子だ。

本当に大丈夫なのかと和香奈も不安に思ったが、今日は光莉《ひかり》がいる。その安心感が、和香奈の不安を和らげていた。

「光莉がいるから大丈夫ですよ？　ね？　ファイオーです！」

「ファ……ファイオー……！」

その様子を見ながら、千影は先ほどから気になっていることがあった。

（それにしても遅いな、ひーちゃん、咲人くん……）

配信十分前だと言うのに、まだ二人がやって来ない。ＬＩＭＥを送ったが、既読はつかないままだった。たまらず、千影は和香奈に話しかける。

「東野さん、ひーちゃんはどうしたんですか？」

「え？　光莉ならもうすぐ来ると思うけど……」

「体育のあと、一緒じゃなかったんですか？」

「うん。ハードルを片づけてたし、ちょっと遅れてるんじゃないかな？」

千影は、漠然とした不安に駆られていた。

（あの二人、まさか……）

千影は頭の中で二人の様子を思い浮かべる――

『これから配信だし、すっごく緊張するよぅ……』

『おいおいハニー、可愛《かわい》い顔が台無しだぜ？』

『咲人《さくと》、ギュッとしてぇ……？』

『来いよハニー。俺が緊張を和らげて、あ、げ、る、ぜ――』


「――なぁあああぁ――っ⁉」

千影《ちかげ》が急に叫んだので、和香奈と彩花がビクッとした。

「な、なに、急に……？」

「千影ちゃん、どうしましたか……？」

二人がビクビクしながら訊《たず》ねると、千影はゴホンと一つ咳払《せきばら》いをする。

「……なんでもありません。持病の発作的ななにかです……」

すると、そこに真鳥《まとり》が寄ってきた。

「つーか、光莉と高屋敷《たかやしき》、遅くね？　高屋敷はべつにいいんだけどさぁ、光莉がまだ来てないのが心配なんだよねぇ……」

千影も同意する。

「真鳥先輩もそう思いますか？」

「ああ……なんつーか、嫌な予感？」

「探しに行きましょう！　私の勘ですが大変なことになっているはずです！」

「お、おう……ずいぶん自信があるんだな……？」

真鳥の嫌な予感と千影の勘は、似て非なるものだった。

ところが、直感同士が結びついて、『大変なことになっている』という勘は、恐ろしいほどに鋭く当たっていたのである――

＊　＊　＊

――一方、シャッター倉庫に閉じ込められていた咲人と光莉は。

「ハァ……ハァ……咲人ぉ～……」

「光莉、もうちょっとだから……あとちょっと……」

「さっきからそればっかぁ……うち……もう、無理ぃ～……」

――と、二人で共同作業を行っていた。

シャッターを持ち上げようと全身に力を込める。

が、シャッターはビクともしない。

「はぁ～……ダメだ、やっぱ開かないみたいだな……」

粘ってみたものの、やはりシャッターは開かない。こうしているうちに配信時間が差し迫っている。

「うーん……五時間目に体育があるのを期待して待つしかないね……」

と、光莉は高跳び用の大きな緑のマットにボスンと座った。

「光莉……配信に出るの、諦めちゃうの？」

「……。脱出する手段が無さそうだし、仕方がないよ……」

と、光莉は諦めたように笑った。

＊　＊　＊

――再び、小会議室内。

光莉が現れないことに、いよいよ焦《あせ》り始めていた。

「光莉を探すって言っても、広いからなぁ……どこを探したらいいんだろ？」

和香奈が「それなら」と口を挟む。

「四時間目、体育でグラウンドだったので、まだ片づけをしているかもです」

真鳥は「うーん」と腕を組んだまま考え込む。

「グラウンドか……。そこから考えると、今は女子更衣室か？」

「咲人くんが女子更衣室にいるわけありません！」

と、千影が怒った感じでクワッと目を見開いた。

「そりゃそうだろ……？　いたらいたで大問題だろ、それ……。光莉のことだよ……」

真鳥が呆《あき》れていると、千影ははっとしてタブレットを開く。

敷地《しきち》内の地図にはハートのマッピング——千影の探し当てた『ラブラブスポット』である。おそらく咲人と光莉は一緒にいる。だとすれば、配信前に二人でなにかとんでもないことをしているに違いない。

千影の嗅覚は、当たらずも遠からずな可能性に行き当たっていた。

（二人で一緒にいるとしたら——）

グラウンドから女子更衣室、そして小会議室までの動線を瞬時に結び、変数的ななにかや変態的ななにかの要素を足して、一つの可能性へとたどり着く——

「——わかった！　シャッター倉庫です！」

と、千影が断言した。

「へ？　なんでわかるのさ？」

「あそこはラブスポッ……ではなく、一年の女子体育はハードル走です。ハードルをシャッター倉庫に片づけていたのなら、それ以外に立ち寄れそうな場所はありません」

「片づけ中になにかあったか……。——よし！　じゃあ私が行ってくる！」

「私も行きます！」

「よっしゃ！　行くぞ、生徒指導部の犬！」

「ワン！」

バッと走り出す二人。

「あ、でも、あんたは監査のためにここにいるんだろ？　持ち場離れたらダメじゃね？ってことで、ステイ！」

「クゥ～～～ン……」

いきなりステイをくらった千影が寂しそうに吠《ほ》える。

「大丈夫、私が絶対に光莉を連れてくるから！　高屋敷は知らん。じゃあな――」

と、真鳥が駆け出す様子を眺めていた和香奈と彩花《あやか》だが――

「光莉、間に合いますかね……？」

「わ、わかりません……」

「来なかったらどうしよう～……」

「わ、和香奈ちゃん、と、とととりあえず原稿ををを……――」

＊　＊　＊

真鳥が小会議室を飛び出したころ――

光莉はすっかり諦めたように、大きな緑のマットの上で膝を抱えていた。

「あーあ……どうしてこうなっちゃうのかなぁ……」

「ん？」

「いつもね、誰かとなにかをしようとすると、うまく行かないんだ、うち……」

「そうなのか？」

「うん……今回もこうして閉じ込められちゃったし、ツイてないっていうか……」

薄暗がりの中、光莉はニコッと笑顔を浮かべる。

が、無理に笑っているように咲人には見えた。

「最初はね、ぶっちゃけ苦手だったんだ、あの三人……」

「そっか……」

「でも、一緒に新聞をつくってたら、じつは良い人たちなんだって気づいちゃったんだ」

光莉は、笑顔を浮かべたまま、窓の枠に収まる、細長い空を見つめた。

「だってね、みんなと距離を置いてたうちのことを、みんなは――」

『――私は、光莉と友達になりたいなって思って』

光莉《ひかり》の心臓がドクンと跳ね上がった——

『同じクラスだし、話しかけやすそうだったし……ぶっちゃけ光莉がすごく眩しくて、魅力的に映ったんだよね——』

追いかけてくるほど、必要としてくれた。友達になりたいと言ってくれた。

クラスメイトの東野和香奈《ひがしのわかな》は、圧が強くてちょっと苦手なタイプだ。

でも、真面目で、頑張り屋で、そういうところが千影に似ている。

そんな和香奈を、面白おかしく可愛がる先輩がいる——

『光莉、出てみたら？　私はどう頑張ってもカメラ映えしないけどさ、あんたはきっとイイ感じに映えるよ——』

副部長の高坂《こうさか》真鳥はちょっとおかしい。

口調も荒々しくて、熱くて、やはり今でも苦手だ。

けれど、一番自分らしく生きている。たまに見せる優しい顔も嫌いではない。

そしてもう一人、気遣いのできる心優しい先輩もいた——

『光莉ちゃん、よろしくお願いします』

部長の上原《うえはら》彩花は、天使みたいに可愛くて、おっとりとしていて優しい。

でも、気が弱いタイプ。正直頼りないところもある。

そんな彩花と話している中で、すごく印象的なことがあった。

それは、咲人と千影と三人で東棟にいたとき。

わざわざ自分のことを捜しに来てくれたときのことだ。

新聞部のことを咲人と千影に聞かれたくなくて、離れて彩花と話していたのだが——

『——新聞部に、うちが、ですか……？』

『はい。戻って私たちと活動してみませんか？　部活には顔を出さなくてもいいという話でしたが……学校をしばらく休んでいたことを聞いて、どうしても気になって……』

『どうしてですか？』

『……私はこんな性格ですから。中学時代にいろいろあって、学校に来られない時期がありました。でも、今こうして来られているのは、今があるのは、真鳥ちゃんや和香奈ちゃんがいるからです。あの二人には感謝しています』

『うちと彩花先輩は、事情が違うので……』

『光莉ちゃんの気持ちがわかる、とは言いません。ですが、新聞部が楽しいところだということは、部長として断言できます。だから、どうでしょう？　私たちと、これから一緒にやっていきませんか？　光莉ちゃんが私たちを必要としてくれるなら、私たちはそれに全力で応えますので――』

「――あ、れ……？」

笑顔の光莉の目から、ぶわっと涙が溢《あふ》れた。

「そんなはず、ないよ……」

適度に距離を保っていたはずだ。

必要とされてはいたが、こちらから必要だとは言っていなかったのに。

笑顔で接していたが、気を許したことなど、なかったはずなのに――

『うーん……すごく良い記事ですね！　きちんと相手の内面を捉えて、伝えたいことがまとまっています！』

『誰に向けて書いているのかもきちんと押さえられているな～。すっごくイイ感じ』

『これは、負けた……』

褒められて、認められて、必要とされて、正直嬉《うれ》しかった――

『ありがとう、光莉……！』

『いいね！　じゃあこの写真にしよう！　ありがとね、光莉』

『光莉ちゃんのおかげです。本当に、ありがとう』

本当は気づいていたのだ。

笑顔の数だけ、ありがとうの数だけ、自分の心が弱くなっていたことに――

『――なら、一緒に出ようよ光莉！』

最後に和香奈の声が響いたとき、光莉はグッと奥歯を噛《か》み締《し》めた。

その様子を黙って見ていた咲人《さくと》は、光莉の隣に座ってそっと手を握った。

「光莉、新聞部のみんなに必要とされて、嬉しかった？」

「うん……」

「みんなのために頑張りたいと思った？」

「うん……」

光莉は頷《うなず》くだけだが、全身から想《おも》いが溢れていた。

咲人は屈託のない笑顔を光莉に向ける。

「なら、こんなところにいないで、ここから出る方法を考えないとね？」

光莉は目元を拭った。

「そうだね……うん！　うち、みんなのために行かないとっ！」

＊＊＊

――そのころ、小会議室では……

「どうしようっ⁉　光莉が来ないよぉっ！」

「お、おおお落ち着きましょう！　光莉ちゃんのところは私が原稿を読むので！」

だいぶ焦《あせ》っている和香奈と彩花を尻目に、千影《ちかげ》もまた不安になり始めた。どちらかと言えば、テンパっている二人が、このまま配信に出て大丈夫なのかという不安だった。

（ひーちゃんがいないとそんなに大変なんだ……。それくらい、ひーちゃんの存在は新聞部にとって必要だったんだね……）

千影は心配しつつも、光莉が誰かに必要とされていたことを知って嬉しかった。

（最初は私のフリをして逃げるくらいだったのに……今はみんなに頼られるほど——）

そこで千影は「あ」と思いついた。

（いやいやいやいや、それはさすがに～……ないない）

一瞬思いついたアイディアを、首を振って頭から押し出そうとした。

しかし——

「彩花先輩！　そこ、私が喋《しゃべ》るところです！」

「ご、ごめなさい！　あわわっ！　三分しかないー……！」

テンパる二人を見た千影は、

「う～……う～……くぅううう……！」

と、悩んで呻《うめ》く。

「あと二分です……！」

「ひぇぇ……!?　えっと、ええっとぉ～……！」

光莉を待ちたい気持ちもあるが、この二人を放って置けない気持ちもある。

翻《ひるがえ》れば、この二人を安心させられ、なおかつ遅れてきそうな光莉の代わりにできること——今自分にできる最低最悪のアイディアが、発進準備を今か今かと待ちわびている。

頭の中でもう一人の自分が叫ぶ——

進路クリア！　システムオールグリーン！　いつでも出られます！

そうだ、行くのよ宇佐見《うさみ》千影！　ひーちゃんが来るまで新聞部を守り、終わったらいっぱいいーっぱい咲人くんに甘えさせてもらいましょう！

『千影、よくやったな？　さすがは俺様の彼女！　なんでもお願い事を聞いてやるぜ！』

『ああ、咲人くん、好き……——』

——突如、千影の目にメラメラと炎のごとき力が宿った。

「なんでも、お願い事を……⁉」

いよいよ覚悟を決める千影。……ちなみに、咲人はなにも言っていない。

「だったら——宇佐見千影、行きます！」

繰り返すが、咲人はなにも言っていない……。

＊＊＊

そのころシャッター倉庫内では、咲人と光莉が脱出に向けて動き始めていた。

「光莉、ここから出るにはどうしたらいい？」

「なにか使えそうなものがあれば――」

――光莉の思考は、シャッター倉庫全体へと広がった。

普通に手でどうにかしようとしても、シャッターは開かなかった。一方の窓は高所にあって土台を使えば届きそうではあるが、通り抜けられそうにない。

やはり出口はシャッターしかない。

では、この状況でどうやってこのシャッターを開けるのか――

「咲人、シャッターの構造はわかる？」

「待ってくれ――」

光莉からバトンが渡された咲人は、頭の中に記憶されている情報の中から、以前テレビで観《み》た、夕方のニュースの『おうちのお悩み解決コーナー』の記憶を引っ張り出した。

シャッターが開かない原因は――

「――滑車、シャフトの金属摩耗か」

シャッターの構造は、物干し竿《ざお》のようなパイプのシャフトと言われるものに、プーリーと言われる滑車がついている。入り口部分を塞ぐ部品のスラットが上部で巻き取られ、開閉する仕組みになっているのだ。

「光莉《ひかり》、滑車とシャフト部分が摩耗して開かないのかも」

「滑車はどこについてるのかな？」

「左右二箇所」

と、再びバトンを繋《つな》ぐ。

「――そっか！　アルキメデス！」

光莉は思いついて、倉庫内で使えそうなものを集めだした。

台座はすぐに見つかった。応援団の団長が立つ紅白のものが二つ。

鉄製の長い棒は数本壁に立てかけてあった。グラウンドに杭《くい》などを打ち込む前に、穴を空けるために使われる金《かな》テコと呼ばれるものである。それを二本。

これで道具は揃《そろ》った。人数も二人いる。

あとは、シャッターの左右の手前に台座を置く。それぞれの台座の上に鉄の棒を置き、棒の片方をシャッターの下へ、もう片方に体重をかければいい。

これなら支点と力点の位置関係次第で、どんな重いものでも持ち上げられるはず。

——すなわち、テコの原理。

小学校で習う範囲の単純な原理だが、その起源は、紀元前二五〇年ごろまで遡る。

古代ギリシャのアルキメデスは、古典古代における第一級の科学者と誉れ高く、テコの原理だけではなく、浮力の原理、積分法の先駆となる放物線・円・球などの求積法、揚水器の発明など、様々な分野で活躍した天才だ。

そんなかつての天才の力を借りて、光莉は脱出方法を見つけたのである——

「二人で左右の滑車部分に同時に力を加えて、まっすぐに押し上げたら動くかも！」

「よし！　なら、その鉄の棒が入る隙間をつくればいいか？」

「うん、お願い！」

——しかし。

「くっ……やっぱ、重っ……！」

あと一歩、鉄の棒をシャッターの下に入れることさえできればなんとかなりそうなのに、シャッターは少しの隙間もつくってくれないのだ。

光莉も手伝うが、二人がかりでも開きそうにない。

――と、そのとき。

『光莉っ！　そこにいんのっ⁉』

真鳥《まとり》が駆けつけた。

「その声、真鳥先輩っ……！」

「俺もいますっ！　真鳥先輩、協力してください！」

『わかった！　どうしたらいい⁉』

光莉は大きな声で真鳥に指示を出す。

「先輩はシャッターを持ち上げてください！　ちょっとでも隙間ができればいいので！」

『わかった！　任せなっ！』

咲人は時間を気にしてシャッター越しに叫んだ。

「配信まで時間がないですよね⁉」

『あと三分っ！』

気を取り直して、真鳥と三人でシャッターを持ち上げる。

『なんだこれっ⁉　固《か》ったぁ――――……！』

三人がかりで力を込めたおかげか、シャッターとコンクリートの隙間から漏れた光が、徐々に広がっていく。あと少し――

「少し持ち上がった！　光莉、今だ……――っ!?」

その、ほんの一瞬の油断がいけなかった。

押し上げていたシャッターが再び口を閉じようとして――


――ガッ！


しかし、なぜか閉じずにシャッターの動きが止まった。

なにか、黒いものが、シャッターとコンクリートのあいだに挟まっている。咲人《さくと》と光莉はそれがなにかがわかって、信じられないという顔をした。

「これ、真鳥先輩のじゃ……」

「そんな、どうして……」

シャッターが下りようとした瞬間に、真鳥は大事にしていた自前のカメラを隙間にねじ込んだのである。シャッターに押し潰され、カメラからメキッと嫌な音がした。

「これ、先輩の大事な……!?」

『またバイトすりゃいいっ！　いいから早くっ！　私は光莉に行ってほしいんだっ！』

「っ――……⁉　――光莉、今のうちに棒をっ！」

「うん……！」

金テコが左右の隙間に入れられた。

「咲人、せーので一気に！」

「ああ！　せーの……――」

テコで持ち上げようとする咲人と光莉。真鳥は中央から上へ持ち上げる。

果たして、三人の力がシャッターへと伝わり、ガッ、ガッ、ガッと引っかかりながらも、次第に開いていく。完全に開ききる必要はなかった。咲人と光莉はわずかに開いた隙間から、身体《からだ》を滑らすように外に出た。

「た、助かった……」

と、力が抜けたようにその場にへたり込む光莉。

咲人と真鳥は「はぁ〜」と同時に息を吐いたが、まだこれで終わったわけではない。

「さ、そのまま行きな！」

「真鳥先輩は？」

「職員室に行って事情説明するよ。シャッター、壊れちゃったみたいだし」

そう言って苦笑いを浮かべる真鳥に、咲人と光莉は頭を下げる。

「ありがとうございました、真鳥先輩！」

「助かりました！　お礼はまた！」

「いいっていいって。ほらっ、早く！」

ニカッと笑った真鳥に押し出され、咲人と光莉は小会議室へと駆け出した。


——一人、残された真鳥は静かにカメラを拾い上げた。

手にしたカメラを慈《いつく》しむように撫《な》でる。そうして、電源スイッチを押し続けたが、ヒビの入ったディスプレイは黒く沈黙したままだった。

「あ、思いついた。シャッターで壊れたカメラのシャッター、なんてね。つまんね——」

グラウンドの土の上に、ポツリ、ポツリと水滴が落ちる。

「……ごめんね、KANONちゃん……痛かったよね……ごめん……ありがとう……」

＊　＊　＊

光莉は体操服のまま、咲人と一緒に小会議室の前に立った。中からは賑《にぎ》やかな声が聞こえてくる。

「もう始まってるよね……？　間に合わなかったか～……」

光莉が落ち込みそうなところで、咲人はニコッと笑顔を浮かべる。

「いや、そんなことはないみたいだ──」

小会議室の扉の隙間から中を覗く二人。

ちょうど最初の自己紹介のコーナーである──


『光莉さん的に、どういう思いで新聞部の活動をしていますか？』

『うち的には……まあ、そんなに思い入れはないかなぁー？　むしろ敵？』

『ちょっと光莉⁉　そこはなんか新聞部の良いところとか言ってよっ！』

『良いところ？　うーん……まあ、なくはないけど、あるかと言われればないかな？』

『だから光莉っ⁉　良いこと言ってぇ──っ！』

『あははは っ！』

光莉と和香奈《わかな》の漫才のようなやりとりを、司会者の石塚が大笑いするかたちで盛り上がっていた。彩花《あやか》も緊張感が解けて、普段通りのおっとりした笑顔を浮かべている。

「って、ちーちゃん⁉」

　ニコニコと笑いながら座っているのは千影《ちかげ》だった。千影はリボンを取って括《くく》っていた髪を下ろし、制服をゆるく着崩している。……あの千影が、である。

「光莉が来るまでの時間を稼いでくれたみたいだ。中の雰囲気も良いみたいだし」

「……和香奈ちゃんか彩花先輩に、うちの代わりを頼んだら良かったのに」

「そうもいかなかったんじゃないかな？」

「でも、原稿を読み上げるだけだし……」

「真鳥先輩もさっき言ってたと思うけど、千影もやっぱり光莉に出てもらいたいんだよ。俺としても、光莉の代わりはいないと思う」

　原稿を読み上げるだけ──とはいえ、そこにそれ以上の意味があることは、咲人だけでなく、千影も、真鳥も、おそらく和香奈と彩花もわかっていることだ。

　光莉だからこそ意味があるのだと、内輪の思いかもしれないが──

「千影が代わりに出てるなら、自分は必要ないと思う？」

　光莉は「ううん」と大きく首を横に振った。

「うちね、もう逃げない。逃げたくない。みんながうちを必要としてくれるってわかったから。大事なものが、なんなのかわかった気がするから！」

　力強くそう言った表情は、これまでになく明るく輝いていた。

「そうか……」

咲人はふっと微笑を浮かべた。

「じゃあ光莉《ひかり》、いってら――っ……⁉」

そこで唐突に光莉が近づいてきて、唇が押しつけられた。

軽く、挨拶を交わすような、ほんの一瞬で終わるキスだった。

「にしし！　行ってきますのキース！」

「ここ、廊下……」

「だから軽くしておいたんだ。配信終わったら、もっと激しいの……しよ？」

冗談っぽくそう言って、光莉はニコニコと小会議室の扉をガラッと開けて、堂々と中に入っていった。中から「ええええええ――っ⁉」と複数人の驚く声が聞こえてきた。

「軽くって……まったく……」

咲人は小会議室の前にしばらく突っ立ったまま、照れ臭いような、それでいてほっとしたような微笑を浮かべた。

最終話　終業式のあとは……？

『じゃあ次のコーナーに行きましょう！　新聞部の職業インタビューなんですが――』
『はいは――い！　それについてはうちが説明しまーす！』
『え？　……はぁっ！　光莉さんが二人⁉』
急に現れた体操服姿の宇佐見《うさみ》光莉に驚く石塚。
『じゃ、じゃあ、こっちの宇佐見さんは……？』
『にしし――……はい、ちーちゃん、自己紹介』
『え、えっと……双子の妹の、宇佐見千影です……』
『『『ええええええ――っ⁉』』』
現場は驚きの声で包まれた。
なにせ、誰もがこの瞬間まで光莉だと思い込んでいたのだから――
「――なかなか面白い双子入れ替わりドッキリだな？」
橘《たちばな》はスマホを見ながらクスクスと笑う。
職員駐車場に続く道の傍《かたわ》ら、あじさいの花壇を目の前にして、咲人と橘は横に並んで壁にもたれながら昨日の動画の視聴をしていた。

「結果的にドッキリ企画になっただけですよ。それに、内輪しか楽しめない内容です」

「ふふっ、それでも、新聞部が放送部に仕掛けたドッキリということで話はまとまっているらしい。放送部も大喜びだったよ。編集してドッキリの音声まで入れて……YouTubeのコメント欄も、ほら、この通り――」

おおよその内容は、「双子だったの?」や「どこがドッキリなの?」など、宇佐見姉妹を知らない人たちから見たら、やはり失敗した内輪ノリの企画にしかなっていない。

けれど再生回数が今まで上げた動画のどれよりも伸びているのは、「光莉ちゃん可愛《かわい》い!」だとか「千影ちゃん最高!」というような、熱い応援もあるからだ。

「さすが宇佐見姉妹だな」

「まあ、そうですねー」

「これがきっかけで、芸能界に入ったり、IT社長と結婚したりしてな?」

「先生もそれ言いますか……」

「『も』とは……?」

橘はキョトンと首を傾《かし》げるが、咲人は真鳥《まとり》の説明をする気分ではない。

「で、俺はこれで良かったんですか?」

「ふふっ、期待以上だよ。さすが高屋敷《たかやしき》だな？」

「ヨイショしてもなにも出ませんよ？」

橘は微笑を浮かべながらスマホをポケットにしまう。

「感謝するよ。ありがとう、高屋敷。それと言ってないことが一つあった」

「……なんですか？」

「新聞部の件だが、じつは部長の上原《うえはら》彩花からのSOSが先に私のところにあったんだ」

「先に？　SOSって、どういうことです？」

——今回の騒動の発端は、五月に遡る。

新聞部の紙面は、職員間で共有された後に、発行して大丈夫かどうかを審査し、配布するという流れになっている。

しかし、五月に発行されたそれは、とても配布できないようなひどいものだった。

その件でこっぴどく生徒指導をした折に、部長の上原彩花から出た言葉がある。

——新聞部をなんとかしたいがどうしたらいいかわからない、どうしよう、と。

真面目で人一倍責任感は強いが、気弱で、個性的な部員たちをコントロールできない彩花を、いったんは部長なのだから頑張れと励ましたものの、やはり六月の新聞も発行できるようなものではなかった。

一回目は注意で終わり、二回目はいよいよ職員会議にかけられ、三回目があれば廃部という流れに教職員間でなっていた――

「――去年の記事を読んだんだが、上原彩花と高坂《こうさか》真鳥はもともと優秀だったんだよ。方向性を間違えてしまったのは単純に教師側の監督不行。彼女たちだけの責任ではない」

「てことは……そんな大問題を、俺や光莉や千影に丸投げだったんですか？」

「ま、君たちならなんとかできるのではないかと踏んではいたが、君の言葉どおり、丸投げだ。すまん」

「すまんって……」

「けれど、今回は偶然にも宇佐見光莉が新聞部にいたことが救いだった」

橘はそう言うと、安心したように目を瞑《つぶ》った。

「彼女がいなかったら、私は今回の件を君に振らなかったよ。宇佐見千影についてはもともと監査委員を引き受けてもらうつもりだったがね」

「光莉が、天才だからですか？」

「いいや、居場所を求めている子だったからさ」

橘は微笑《ほほえ》みを消さないままで、咲人《さくと》を見た。

「あの子はああ見えてガラス細工のように繊細なんだ。気をつけて扱えよ？」

「人を物みたいに……」

「たとえだよ、たとえ。なに、君一人だけだと荷が重いと思ったんだ。だから、もう一つくらい彼女の居場所があればいいのではないかと思ってな」

「それが、土壌……新聞部ってことですか？」

「ああ。たとえるなら、彼女は肥料だ。新聞部は見違えるように輝きを取り戻した。一方で、君の役割は世話人。土を入れたり、水をやったりしてね。そうやって土壌を整える役割だ」

「じゃあ千影はどうなんです？」

「彼女は天気といったところかな？　良い日もあれば、雷を落とす日もある。そうやって、厳しさを与える存在として、今回監査委員を引き受けてもらった」

「なるほど……」

たとえはわかりやすいが、しかしまどろっこしい。

「最初からそう話してくださいよ……」

「最初からそう話したら、君は断るだろう？」

「はい、ハッキリと」

たまたま真鳥と和香奈《わかな》にスキャンダルを狙われていなかったら、それこそ今回の件に関わらなかっただろう。光莉にとっての居場所づくりという意味では収穫はあったが。

しかし、咲人自身も新聞部と、縁と言うよりも腐れ縁ができてしまったようだ。

「今回は私の作戦勝ちといったところか」

そう言ってクスッと笑った橘だったが、

「しかし、君もなかなかの策士じゃないか？」

と、今度はニヤッと笑って見せた。

「はい？　なんのことです？」

「新聞部のために、わざわざ石塚のところに頼みに行くなんてね」

咲人はきまりの悪そうな顔をした。

「……気づいてたんですか？」

「先週の木曜日くらいか。たまたま校内の見回りをしていたら、君が石塚と話してたのを見かけてね。それで、なんと言って石塚を説得したのかね？」

「……べつに、普通に三年の教室に頼みに行っただけです。石塚先輩は普通に良い人でした。親身に話を聞いてくれるし、明るくて真面目だし。俺が話したら、新聞部を配信に出すのは面白そうってすぐに企画を立ててくれたんですよ。連絡先も交換してくれて、新聞部の進捗状況も気にしてくれてました」

「ふむ、石塚らしい。そういう人物でなければ、放送部はあそこまで流行《はや》らないな」

「はい。石塚先輩のおかげです。それに俺は策士なんかじゃないですよ。露骨すぎて真鳥先輩にバレかけたのもそうですが、当日シャッター倉庫に閉じ込められるとか、イレギュラーなことも起きちゃいましたし……踏んだり蹴ったりです」

「策士策に溺れるか……」

　と、橘は可笑《おか》しそうに笑った。

「ま、それでも君は宇佐見姉妹とともにやり遂げた。ついでに、私ともいいパートナーシップを築けると思うんだが、どうかね？」

「丁重にお断りします。──夏休み、ゆっくりしてください」

「いや、これでも仕事がいろいろあってね、あちこち出張にもいかねばならんし、教師はなかなか休みがとれんのだよ……」

「大変ですね、お疲れ様です」

皮肉と受け取って、橘はクスッと笑う。

「他人事《ひとごと》か……まあいい。ではよい夏休みを。——余談だが、次は陰から支えるのではなく、もっと出る杭《くい》になってみたまえ。宇佐見姉妹のためにな」

蛇足だろ、と思いながらも、咲人は微笑を浮かべその場から去った。

＊　＊　＊

橘との話が終わったあとのこと——

「橘先生となにを話していたのかな〜？」

「っ⁉　光莉《ひかり》⁉」

いきなり校舎の角から光莉がひょいと驚かせるように出てきた。

「なーんか怪しい……橘先生となにを話してたのかな？」

咲人はポケットに手を突っ込んだ。

「……夏休み前の挨拶」

「ふぅん……ま、いっか。それよりも部室に行こっ！　ちーちゃんも向かってるみたいだから！」

と、光莉は明るい表情で腕を組んでくる。

「怪しまれるから校内で腕を組むのは……ま、いっか」

咲人は苦笑しながら光莉に腕を引かれて歩く。

すると、歩き出してすぐに、光莉がそっと口を開いた。

「……ほんと、いろいろありがとね？」

「ん？」

「うちや、新聞部のために、いろいろ動いていてくれたんだね。放送部の件、じつは見抜けなかったんだ。あのときうち、新聞部のことで頭がいっぱいで……」

「そっか……」

どうりで真鳥に勘づかれたのに、光莉がなにも言ってこなかったわけだ。

「いや、俺は楽しかったよ。光莉が変わっていくのをそばで見られて」

「うち、変わった？」

「うん。だからもっと好きになった」

「っ――――!?」

光莉は急に立ち止まって、顔を真っ赤にした。

「な、ななっ……」

「ど、どうしたの、いきなり？」

「こ、こっちがどうしたのだよ！　だって、いきなり好きって言うからっ……！」

「あれ……俺の記憶だと、好きって伝えたことはあったと思うけど……」

「そうじゃなくて、二人きりで！」

たしかに二人きりのときに、好きと言った記憶はなかった。

「あ、そうか……ごめん……」

「ううん、そうじゃなくて、いきなりで驚いちゃったけど、嬉《うれ》しかったから……」

戸惑いの中に、少しだけ安心した様子があった。

おそらく不安だったのかもしれない。そう思うと、咲人はいたたまれない気持ちにもなった。きちんと彼女を見ていなかったようで、また反省させられる。

「でも、うちは好きって言ってもら、え……——っ⁉」

咲人は光莉を抱きしめていた。

「咲人、ここ、学校……」

「の中の、ラブスポだよ」

「あっ……」

ちょうど死角ができる場所だった。

「光莉、好きだ。これからも、よろしく」

「っ……!?　うち、ほんと、今は嬉しすぎて、なにも言えない……――」

目を瞑って唇を差し出してきた光莉に、咲人は唇を重ねた。

行ってきますのキスなどではない。

光莉が配信に出る直前に言っていた、激しいほうだった――

＊＊＊

新聞部の部室には、彩花《あやか》と真鳥《まとり》と和香奈の三人が集まっていた。

「やりました！　新聞、なんと全部配り終えました！　嬉しいです！」

「みんな興味あるって感じで取ってってくれたよな～。いやー、よかったよかった」

「昨日の生配信のおかげですね！　校内の掲示板にも人集《ひとだか》りができてましたし！」

三人は嬉しそうに今日のことを話していた。

咲人は朝から新聞部の面々が新聞を配っている姿を見ていた。新聞部です、良かったらどうぞ、と元気に配布している様子を見て安心していたが、その中に光莉もいた。

特に光莉は昨日の配信のおかげで人気が出たようで、光莉から取っていく生徒がたくさんいた。昨日の配信見たよ、面白かったよ、と声をかけてくれる生徒に対して、光莉は社交的な笑顔ではなく、心からの笑顔を向けていた。

「にしても、光莉の人気は悔しいなぁ。私だって頑張ったのにー……」

「和香奈、そういうところだぞ？　ブーたれてる女はモテねーぞー」

「ひっどぉ！　真鳥先輩こそモテないじゃないですか！」

「私はね、カメラが恋人なんだよ」

「なんですかそれー！」

と、いつものやりとりをする真鳥と和香奈。けれど、いつも通りではない。

真鳥の胸元には、いつも首から下げている大事なKANONのHugモデルがなかった。

やはり、光莉を助ける際に壊れてしまったのだろう。

すると、千影《ちかげ》が「コホン」と一つ咳払《せきばら》いして前に立った。

「みなさん、ちょっとよろしいですか？　監査の報告書を作成し、委員長に提出しました。夏休み明けの予算会議にかけられますが……おそらく問題はないでしょう」

「問題はない、というのは……？」

彩花が恐る恐る訊《たず》ねると、千影は微笑を浮かべる。

「例年通りということです」

「それは、本当ですか⁉」

「はい。ですから、これからも素敵な新聞を発行してくださいね？」

「「はい！」」

と、三人は嬉しそうな表情を浮かべた。

「それから……ほら、ひーちゃん」

「あ、うん」

光莉が前に出ると、彩花たち三人に緊張が戻った。

光莉はここまで——この件が済んだら、退部するとわかっていたからである。

「数日間だったけど、本当に楽しかったです。うちにすごく良くしてくれて、みなさんと一緒に活動できて、本当に良かったなという感じで……」

三人は悲しそうに表情を曇らせたのだが——

「だからうち、これからも新聞部で頑張りたいです！」

「「……え？」」

「これからもよろしくお願いします！」

光莉がニコッと笑うと、新聞部の面々はパーッと顔を輝かせた。

「もちろんだって！　これからもよろしくな、光莉！」

「大歓迎です！　これからもよろしくお願いしますね！」

「光莉ぃ〜、よがっだぁ〜、一年が私一人にならなくてぇ〜……ありがとうぅ〜！」

三人が光莉に寄っていくと、光莉は嬉しそうに微笑《ほほえ》む。

社交的な、壁をつくるような笑顔ではない。本心から微笑んでいることに咲人《さくと》は安堵《あんど》して、鞄《かばん》からあるものを取り出した。

「……あの、ついでなんで、真鳥先輩——これどうぞ」

「え？　——高屋敷《たかやしき》、これ……ＫＡＮＯＮちゃん⁉」

咲人がテーブルに置いたのは一昨年前に出たＫＡＮＯＮの一眼レフだった。

「ええ、まあ……うちの叔母に真鳥先輩のことを話したら、買ったけどぜんぜん使ってないからって……良かったらですけど、使ってください」

「いいのっ⁉」

「まあ、要らなければ新聞部の備品でも……」

「要る要る！　ありがとう高屋敷！」

遠慮されたり、断られたりしたらどうしようかと思っていた咲人だったが、案外簡単に受け取ってもらえて良かったと思った。

ちなみに真鳥に渡したものは、ＫＡＮＯＮのKissMark Ⅳというハイエンドモデル。プロも使用する一台三十万円前後の代物だが、みつみ曰《いわ》く「無用の長物だから必要な人にあげて」とのこと。

ただ、これも今後のため。最後の最後まで恩を売ることにしただけで、けして新聞部のためではないし、まして真鳥のためでもない。咲人は自分にそう言い聞かせた。

「ま、そういうわけで、俺もお世話になりました」

「あんたもこのまま新聞部《うち》に入っちゃえば？　歓迎するよ？」

「いや、それは遠慮しときます。それよりも、今後は暴露記事なんて書かずに、今回みたいに真面目な感じでお願いしますね？」

「わかってるって。ありがとな、高屋敷」

真鳥はスッと右手を差し出してきた。

「こちらこそありがとうございました。また機会があれば」

「ああ。うちはいつでも歓迎するよ」

咲人と真鳥はガッチリと握手をした――

――の、だが。

「……真鳥先輩、やってんねぇーっ⁉」

三十分後、咲人は真鳥を新聞部の壁際《かべぎわ》に追い詰めていた。

「ぬ……盗み撮りとかしてないだろ⁉　ちゃんと許可はとったって！」

「そういう問題じゃない……なんで光莉《ひかり》と千影にコスプレさせてんだぁああ
――――っ！」

咲人はいよいよキレたが、そこに光莉と千影が寄ってくる。

「うちはこれ、気に入ってるからいいけどなぁ？」

光莉はそう言いつつ、くるっと回ってみせたが、なかなかとんでもない格好をしている。

メイド服――ではあるが、お腹《なか》と背中が丸見えで、スカート丈も極端に短い、なかなか
セクシーなメイド服である。白いタイツは絶対領域を維持し、そこもまた憎らしいデザイ
ンだ。

おそらくこれを着たら、ご主人様が大変お喜びになるのではないだろうか。

「み、巫女《みこ》さんって聞いてたのにぃ……！」

真っ赤になって恥ずかしがっている千影も、これまたなかなかである。

巫女服――ではあるが、やはりお腹と背中が丸見えで、かろうじて袖は幅広だが、袴《はかま》に
至っては日本の伝統などなんのそので、光莉と同じくらいのミニスカートになっている。

清楚《せいそ》感や神聖さよりも、邪《よこしま》な感情を刺激するようなそれには、さすがの咲人も度肝を抜かれた。

おそらくこれを着たら、神様がなんでも言うことを聞いてしまうのではないだろうか。

「こんな格好させた写真、なにに使うんですか⁉」

咲人が真鳥をさらに問い詰める。

「えっと〜、夏休み明けの新聞に〜……」

「却下！　そんなグラビアページは校内新聞に要らないんですよっ！　だいたい、こんなコスプレ衣装よく持ってたなぁ⁉」

すると「はい」と控えめに手を挙げたのは、彩花だった。

「私のです……お裁縫が趣味で……」

「なんてもんを作ってんだ⁉　生地を買うお金がなかったんですか⁉　あきらかに布の面積がおかしいでしょ⁉」

「ひえっ⁉　だ、だって、いろいろ短いほうが可愛《かわい》いからで……」

すると、今まで黙ったままだった和香奈《わかな》も、そろそろと恥ずかしそうに手を挙げた。

「あの……私も、魔女っ子なんですが……」

「え？　ああ、うん……」

魔女っ子である。「ではあるが」がまったくと言っていいほどなく、本当にただの魔女っ子で、西洋の絵のなにかに出てくるような、上から下までちゃんと布があり、どこも切り抜かれていなくて、遊び心もなく、なんの面白みもない、箒《ほうき》を持っただけの——。

つまり和香奈は……和香奈は、和香奈である。

悲しいほどに、和香奈が箒を持って立っているだけだった。

「いいんじゃないかな？　すごく似合ってると思う。たぶん、知らないけど……」

「温度差っ⁉　なにその目は⁉　今、明らかに宇佐見《うさみ》姉妹と比較したでしょ⁉」

「…………。——真鳥先輩！　とにかくこういうのはダメですって！」

「私を無視すんなぁ——————っ！　ドキドキしろぉ——————っ！」

とりあえず、新聞のグラビアページ案は禁止された。

……和香奈の魔女っ子は、可哀想《かわいそう》なので新聞部の部員募集欄に使われることになった。

＊　＊　＊

「まったく、あの人ときたら……」

「まあ、真鳥《まとり》先輩だからねぇ……。でも、あのメイド服可愛かったなぁ～」

「ひーちゃん、それは理由になってないよ？　はぁ、でも、恥ずかしかった〜……」

「あのね、一歩間違えれば外部に流出していたんだよ……？　着る前に着ない選択ができるようにならないと……」

洋風ダイニング・カノンにて、咲人は呆《あき》れたようにため息を吐《つ》いた。

「まあでも、真鳥先輩に限らず、今後はもっと注意していかないとな……」

「昨日の動画配信の件かな？」

「ああ。かなり二人の人気が出ちゃったみたいだし……」

本来は光莉だけがそれとなく映る予定だったのが、千影も映ったことで、思っていた以上に二人に注目が集まっている。

そんな二人とこのままの状態でいたら、いつかバレるのではないかという懸念《けねん》があった。

「そもそも、ちーちゃんがおっぱい丸出しで映るからだよ？」

「丸出しとかじゃないもん！　ひーちゃんの普段の格好を真似《まね》しただけだよ！」

「うちは配信前にワイシャツの前を閉めるつもりだったけどね？」

「ううっ……思い出したら恥ずかしくなっちゃった〜……」

「てか、アーカイブはYouTubeに残っちゃってるけど？」

「放送部に言って消してもらうもん！」

と、今さら真っ赤になっている千影《ちかげ》はなんだか可愛らしい。

「まあ、真面目な話、今後のことなんだけど」

「夏休み明けが大変ですかね？」

「いや、夏休み中も気をつけたほうがいいかもしれない」

「うちは、夏休み中、ずーっと咲人とイチャイチャしたいけどなぁ？」

胸の谷間を寄せながらクスッと笑う光莉を見て、咲人は「うっ」と赤くなる。

「暗い話は置いといて、夏休みの旅行のことを話そっか？」

「そうですね！」

「楽しい夏休みにしよ――っ！」

やれやれと内心呆れながらも、咲人は光莉と千影のことを考えた。

この二人の笑顔を守りたいと思うのは、たぶん贅沢《ぜいたく》なことなのだろう。一人ではなく二人。一人でも贅沢なのに、二人もいれば贅沢すぎる。

一学期が終わり、今後もこの関係は長く続いていくのだろうか――

「ちなみに咲人くんは、私のお願い事をなんでも聞いてくれるんですよね？」

「……ん？　なんの話？」

突然のことに咲人は戸惑いながら千影を見る。

「だって、ほら……ひーちゃんの代わりに配信に出たとき『千影、よくやったな？　さすがは俺様の彼女！　なんでもお願い事を聞いてやるぜ！』って……」

「えぇっ⁉　言ってない言ってない！　なにそれっ⁉」

　──千影の妄想だからである。

「と、とにかく！　頑張ったので夏休み中はいーっぱい甘えさせてください！」

「うっ……そ、それは、まあ……うん……」

　すると光莉も悪戯《いたずら》っぽい目で見つめてくる。

「うちも、今回たーくさん助けてもらったから、なにかお礼がしたいなぁ～？」

「いや、気にしなくていいよ、ほんと……ぜんぜん、そういうのは……」

「あ、そうか！　新聞部式にアレをしよっか！」

「新聞部式？　アレ、とは……」

　光莉はにしししと胸元をアピールする。ワイシャツのあいだからチラッとブラジャーを見せてきたので、咲人は慌てて顔を逸した。

「和香奈ちゃんと比べてみたい？」

「いや、比べない！　というか光莉、新聞部《やつら》に毒されるなっ！」

「ちょっとひーちゃん！　そこは私でしょ⁉　咲人《さくと》くん、ひーちゃんとどっちが

PERFECT BODYか比べてください！」

「千影、それも違う！　……あと、英語の発音良いな？」

「にししし——……真鳥先輩たちからもっといろんなこと教わっちゃお♪」

「光莉！　もう退部だ退部ぅううう————っ！」


——して。

三人で過ごす日々はあっという間で、気づけば明日から夏休みに入る。

新聞部の問題の解決。

光莉の居場所づくり。

最後の最後に課せられたこの二つの問題をクリア、両取りしたのちは、三人でどう夏休みを使い切るかという楽しい問題が待っていた。

また一つ成長した三人の関係は、次の段階へと進んでいく。次は——


「「「三人で旅行だぁ————っ！」」」

あとがき

こんにちは、白井ムクです。ふたごま二巻のあとがきを書かせていただきます。

先にちょっとだけお知らせを――

このたび、本シリーズふたごまの【コミカライズ】が決定いたしました。

連載媒体は、コミックアライブのＷＥＢレーベル『アライブ＋』、作画は飴色《あめいろ》みそ先生です。このような素晴らしいご縁をいただき感謝しております。

原作及びコミカライズ版ふたごまの応援を今後ともよろしくお願いいたします。

さて、今巻は何気ない日常から事件に巻き込まれていく咲人《さくと》と宇佐見《うさみ》姉妹を書いてみました。夏休み目前、千影《ちかげ》と光莉《ひかり》と一緒に旅行の計画を立てたりなどして楽しい気分の咲人でしたが、新聞部の仕掛けた罠《わな》にかかりそうになってしまいます。

一方で、宇佐見姉妹も新聞部に関わらなければならない事態に。三人の平穏無事な日々を取り戻すため、咲人たちは新聞部に協力しつつ、陰ではこっそりイチャイチャ、ちゃっかりイチャイチャ、しっかりイチャイチャと、やることはやっていました。

果たして、これからも周囲にバレずにイチャイチャできるのか？　ぜひ一緒に「いやバレるだろ⁉」と心の中でツッコミながら温かく応援していただけると幸いです。

ここで謝辞を。

今巻も多くの方のご支援とご協力を賜りました。ファンタジア文庫編集部の皆様をはじめ、出版業界の皆様や販売店の皆様、関係者の皆様のご尽力に厚く御礼《おれい》申し上げますとともに、今後ともお引き立てくださいますようよろしくお願い申し上げます。

担当編集の竹林様、イラストレーターの千種《ちぐさ》みのり先生、そしてYouTube漫画版でお世話になりました結城《ゆうき》カノン様、今回も大変お世話になりました。心より感謝を申し上げます。今後ともよろしくお願いいたします。

一巻発売時に素敵なPVをご用意いただいた製作スタッフの皆様、性格の異なる双子姉妹を見事に演じ分けてくださった田中美海《たなかみなみ》様と青山吉能《あおやまよしの》様に、厚く御礼申し上げます。

最後になりますが、本作、本シリーズを応援してくださる読者の皆様にも心よりの感謝を申し上げますとともに、本作に携わった全ての方のご多幸を心よりお祈り申し上げまして、簡単ではございますが御礼の言葉とさせていただきます。

滋賀県甲賀《こうか》市より愛を込めて。

白井ムク

富士見ファンタジア文庫

双子《ふたご》まとめて『カノジョ』にしない?2

令和6年2月20日　初版発行
令和6年8月30日　4版発行

著者――白井《しらい》ムク

発行者――山下直久
発　行――株式会社KADOKAWA
〒102-8177
東京都千代田区富士見2-13-3
0570-002-301(ナビダイヤル)
印刷所――株式会社暁印刷
製本所――本間製本株式会社

※定価はカバーに表示してあります。
●お問い合わせ
https://www.kadokawa.co.jp/(「お問い合わせ」へお進みください)
※内容によっては、お答えできない場合があります。
※サポートは日本国内のみとさせていただきます。
※Japanese text only

ISBN978-4-04-075382-9 C0193　◇◇◇

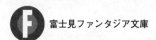